ISABEL PAS MARRANT

Lifestyle

22 Du côté de chez toi

28 La custoMOIsation

32 Passion embouteillage

37 Dites-le avec des SIF !

38 Passez à la teckcovid

42 Cartonnez en soirée

58 Dossier : l'exploration d'immeuble

Petite pensée pour les figurants-mains coincés derrière le fond...

Le choix cornélien de la photo de couverture

« Cartonnez en soirée »... Enfin, un peu moins, après avoir bu tous les shots que vous portiez sur la tête !

63 Get the look J.Lo jaune

66 Vacances en catastrophie

70 La jungle au travail

80 Yaaaas Queen !

118 Libérez vos chakrades

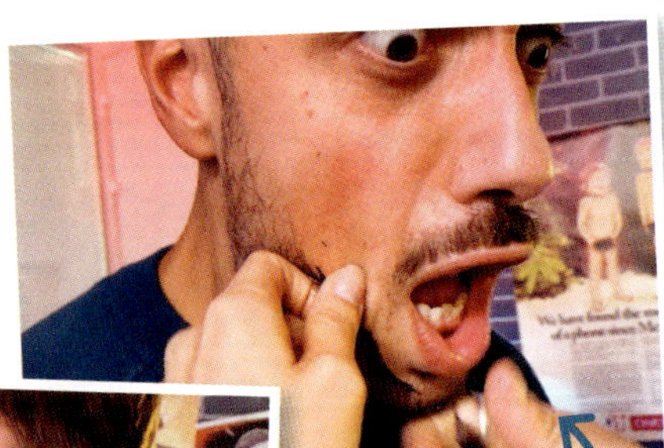

L'arrachage des faux cils s'est passé en douceur... (non)

Culture

43 Les inventions d'Albert Weinstein

44 L'expo à ne pas louper

51 Allons danser le Dwerk

54 Passion ASMR

57 Découverte : les coques pour humain

84 Les challenges en vogue

94 Interview : Big Pa & Oldie

104 Le spectacle à ne pas manquer : Office Day on Ice

114 Boomer en bombe

Santé

98 Scoop : les règles ne sont pas bleues !

Le bonheur d'avoir ma bestie au stylisme 💖

« J'aimerais changer de maîtresse svp »

Le casque de vélo qui manquait à ma vie

Shopping

16 Notre sélection cercueils DIY

26 Nouveautés parfums

40 Du côté des montres déconnectées

52 Les maillots de bain en vogue

61 What's in my Jacquemouss ?

74 Adoptez le look Mamma mia

76 Pandémode

Jeux

24 Ça t'étonne ?

88 Nos lecteurs ont un incroyable talent

90 Test : plutôt U2, mytho ou metoo ?

92 Le coloriage zen

100 Jeu : méli-mélo des lourdeaux

108 Horoscope

113 Idée recette

116 Page BD

Jenny qui pose dehors en jupe alors qu'il fait 8 °C...

Love

8 Idées cadeaux pour eux

13 Sexo conseils

36 La pochette-surprise divorce

87 C'est la HESS

122 Une histoire d'amour virale

Quand j'annonce à Emy qu'ensuite je l'emmène dans ma cave pour prendre des photos... J'avoue que la proposition était cheloue.

Merveilleuse idée de shooter au milieu de la rue, Lola en est ravie !

Fabrication des perruques by Marjolaine Vialle

Désinfection de pote grâce à ma lampe germicide

Icônne ramène *sa fraise* !

2020 étant loin d'être une année icônnique, je n'ai eu d'autre choix que de sortir de ma retraite spirituelle pour me remettre à mon clavier et vous apporter une nouvelle touche d'Icônne dans vos vies.

Depuis le premier numéro, les choses n'ont pas changé à la rédaction : **je suis toujours rédactrice en chef de ce magazine, et je compte bien le rester jusqu'à la fin de mes jours...** À moins qu'on ne me fasse une offre très juteuse pour racheter mes parts, mais ça c'est une autre histoire et elle n'a rien à faire dans cet éditô. (Notez ici que je m'invente totalement une vie car la seule part que je détienne est celle du gâteau que j'ai fait brûler cet après-midi.)

Je vous disais dans le précédent numéro (il y a donc 5 ans de cela) qu'il était mon préféré, mais j'avais menti, puisque **celui-ci est bien meilleur. Vraiment.** Comme les chanteur.euse.s, j'ai envie de vous dire que c'est mon « album de la maturité », sauf que c'est un livre... et que je suis pas vraiment mature. Disons plutôt que c'est mon « magazine de la maturité mais pas tout le temps parce que c'est chouette de garder son âme d'enfant quand même ».

Avec les deux autres membres de la rédaction (mes deux chiennes) on a parcouru le chemin, on a tenu la distance, pour vous offrir les meilleurs conseils qui, une nouvelle fois, upgraderont vos vies ! Hâte de voir vos customisations de cercueils (p. 16) ou bien encore vos looks « J.Lo jaune » pour manifester avec style (p. 63).

Au passage, je tenais à remercier tout ceux qui ont lu le premier numéro, honnêtement, je ne m'attendais pas à un tel succès. Devenir best-seller avec entre autres une parodie « Popo Mademoiselle by Chianel » ça n'a pas de sens, on est d'accord ? **Encore merci du fond du cœur pour votre soutien et vos retours.**

Icônnique lecture à vous,

Nathalie Odzierejko

#ChèreIcônne

Vous nous emmenez partout ! Publiez vos photos et postez-les sur Instagram avec le #iconnebynatoo. La rédactrice s'engage formellement à liker chacune des publications (sous réserve de ne pas être en gueule de bois).

Les clichés d'Icônne n° 1 qui nous ont le plus émus à la rédaction.

C'est mortel !

« Coucou Icônne ! Une photo de toi et moi devant le cimetière où repose mon grand-père ! Au passage, un grand merci, car c'est moi qui ai pu lui faire son contouring post mortem grâce à tes conseils make-up ! »

Toujours un bonheur de partager vos moments de vie !

C'est le feu

« Un grand merci, les pages de votre magazine brûlent extrêmement bien et servent d'allume-feu pour ma cheminée ! Je récupère vos exemplaires vendus en quantité astronomique en brocante. Un bonheur que les gens ne veuillent plus voir votre visage chez eux ! »

Merci, ça nous réchauffe le cœur...

Le petit coin lecture

« Le meilleur endroit pour vous lire reste les W-C. C'est bien simple, dès que j'ouvre votre magazine, je me fais chier ; pratique pour moi qui ai souvent des problèmes de constipation. »

Vous nous en bouchez un petit coin.

C'est le meilleur livre au monde !

« Avec mon mari Alain, on trouve que c'est de loin la meilleure lecture qu'on puisse avoir entre les mains. C'est bien simple, on n'a rien fait de mieux depuis *Hamlet* de William Shakespeare. »

Merci maman pour cet avis objectif.

QUOI DE NEUF CÔTÉ MASSAGES ?

Le maracassage

Ce massage pimenté nous vient tout droit du Mexique. Un mariachi expérimenté fera la fiesta à votre dos ! Détendez-vous au rythme des maracas qui percutent vos tensions, et laissez-vous emporter dans un tourbillon latino.
On préfère vous prévenir, dans le maracassage vous sentirez plutôt le cassage que le massage.

110 € la séance chez Burridos

La palpée roulée

Le principe est simple, votre corps est palpé, votre portefeuille est roulé.

Des séances de 15 minutes à 230 € vous sont proposées chez Pierre Palpade

Le massage scandinave

Poussez les portes de votre cabine de massage, enfilez votre slip en papier et allongez-vous sur une table fOSLök de la marque Ikéo. Sentez les bienfaits des vibrations émanant de ce meuble scandinave parcourir votre corps durant 1 h 30. Appréciez le style épuré de ce massage.

95 € la séance chez Ikéo

Le rituel CRS (Caresse, Repos, Soin)

Ce moment de détente reprend les ingrédients inhérents à toute manifestation dans l'univers feutré d'un institut de beauté. Le soin commence par un hammam au gaz lacrymogène pour réveiller vos sens, mais surtout vos glandes lacrymales, par lesquelles les mauvaises toxines sont évacuées. Puis vient la séance d'acupression au FlashBall via des tirs dynamisants sur l'ensemble du corps. Et pour terminer, un massage du dos par palper-rouler de tonfa. Pour prolonger l'expérience, l'institut vous propose un potage à la tomate identique à ceux que l'on peut retrouver en garde à vue. Finalement, rappelez-vous que lorsque certains CRS usent de leur force sans justification apparente face à un groupe de manifestants calmes, il s'agit en fait de soins offerts généreusement par des experts du bien-être. N'oubliez pas de les remercier !

Séance offerte à tous les manifestants de rue

Idées cadeaux
POUR EUX !

1 UNE ESCAPADE BURNE-OUT !

Un de vos proches subit trop de pressions dans le cadre de son travail ? Vous sentez le burn-out pointer son nez ? Prenez les devants pour assurer ses arrières, et offrez-lui un séjour où il pourra littéralement craquer son slip. L'enseigne « Burne-Out » propose des formules naturistes accessibles à toutes les bourses. Ces programmes all-inclusive sont réservés aux hommes en mal de détente. Atelier économie pour se faire des couilles en or, cours de cuisine hyperprotéïnée autour des œufs, les activités ne manquent pas ! En sus, des cours de danse lui permettront de faire virevolter ses valseuses sur des beats endiablés. Ce serait couillon de rater ça !

2 OFFREZ-LUI DES CENTIMÈTRES !

Votre partenaire est complexé par la taille de son pénis ? Voici une astuce maline qui rassurera les petits formats. La marque Braguette Magique propose des préservatifs de petites tailles contenus dans des emballages portant la mention « King size ». Malin ! Vous n'avez plus qu'à jouer la comédie en plaquant vos mains sur vos joues et en vous extasiant « Oh là là mais quel gros engin !! Comment vais-je le rentrer dans le garage ?! » L'amour n'est pas qu'une question de centimètres, il est déjà parfait en XS, mais quel bonheur de contempler cette pointe de fierté qu'il a dans l'œil grâce à vous !

3 LE BON PLAN DU CÉLIBATAIRE

Vous avez un ami célib' qui n'arrive jamais à impressionner ses crushes ? Un ami dont la plus brillante réussite est d'avoir ouvert un pot de cornichons d'un tour de main ? Offrez-lui un abonnement qui va lui changer la vie, grâce à Lebonpote.com.
L'application en poche, il aura accès à un réseau d'anonymes qui pourront le géolocaliser et accourir pour vanter ses mérites totalement fictifs.
Il sélectionnera l'anecdote la plus susceptible de le.la conquérir : bénévolat, tour du monde, sauvetage… et un faux pote fera alors semblant de tomber sur lui dans la rue pour raconter l'histoire sélectionnée : « Wow ! Ça fait tellement longtemps qu'on s'est pas vus !! Je crois que la dernière fois, c'était quand t'as sauté dans la Seine pour sauver ce gosse qui avait fait un vol plané en trottinette électrique ! T'avais même réussi à envoyer un don par SMS à La Croix Rouge pendant ton plongeon ! C'était dingue ! » Grâce à vous, votre pote a enfin une chance de conclure : Lebonpote.com, c'est du mytho, mais tu pécho !

Le masque électrisant !

Vous connaissiez les électrodes à poser sur les abdominaux pour se muscler sans effort ? Les shorts et les combinaisons intégrales qui poussent le concept de l'électrostimulation encore plus loin en travaillant sur plus de zones ?... Pourtant ça ne vous suffit plus, vous vous dites : « Que mon corps est ferme, mais que mon visage est mou ! Comment le muscler afin de lutter contre le relâchement cutané ? »

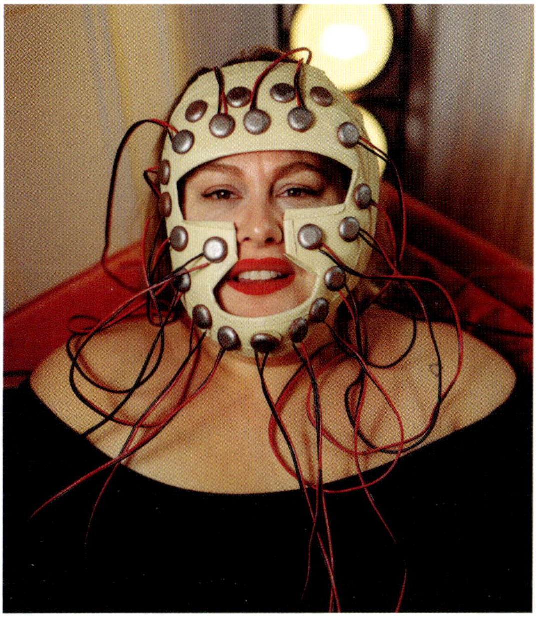

Eh bien la marque SportBallec, leader sur le marché, a étendu sa gamme en créant le premier masque à décharges électriques.

Au fil des séances, vos pommettes se repulpent et votre regard s'agrandit. Niveau sensations, votre visage est aussi contracté que lors d'un vomissement. Chaque séance durant 30 minutes, il est possible que vos glandes lacrymales se déclenchent par réflexe et que vous pleuriez tout du long. Il est aussi probable que vous preniez conscience du pathétique de la situation dans laquelle vous vous êtes mise, ce qui déclenchera probablement une crise d'angoisse. Mais prenez la vie du bon côté : votre visage est tendu, et vos larmes ont apporté la petite touche d'hydratation qui lui manquait. Vous êtes électrisante.

SportBallec TG 3000 - 259 € la séance

LES RIDES DU COU, LE NOUVEAU FLÉAU DE NOTRE GÉNÉRATION !

Un nouveau type de rides vient s'ajouter à la liste des rides d'expression : les rides du cou, provoquées par la **position prolongée de nos têtes inclinées** vers le bas pour consulter nos téléphones portables et nos tablettes. Cette posture statique pratiquée à répétition jusqu'à plusieurs heures par jour est fatale. Nos cous se plissent, les sillons se creusent, c'est une catastrophe ! Pour lutter contre ces nouvelles rides indésirables, Icônne a testé pour vous un nouveau procédé de chirurgie esthétique révolutionnaire : **un remodelage complet du buste** en pratiquant une ablation des cervicales. On notera par la même occasion la suppression totale des problèmes de torticolis. **Ça vaut le cou ! Ha ha ha !**

Fleury Nichons

Des nouveautés du côté DES PROTHÈSES !

Quel plaisir de changer de prothèses selon ses humeurs et les occasions ! Le choix se limitait aux implants ronds ou en forme de gouttes, so boooooring ! Alors à la rédac on a prié très fort le Saint des Seins qui a fini par répondre à notre appel : cette année, de nombreuses nouveautés s'offrent à nous pour faire ma melle... euh la belle !

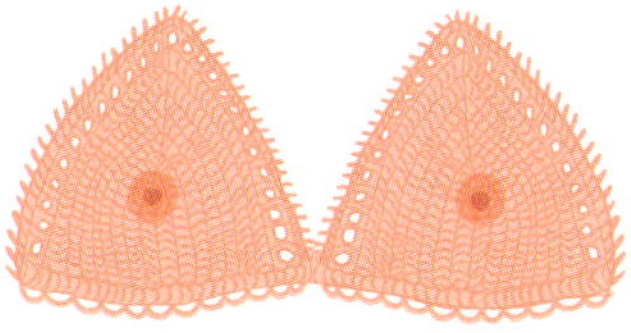

LA PROTHÈSE MÉMÈRE

Ces modèles en laine tricotés par des grands-mères en maison de retraite sont tout simplement parfaits pour affronter les grands froids et éviter de pointer à la première brise !

Le petit plus : réchauffe les cœurs en hiver.

Le petit moins : évitez les bains à plus de 30°C, sous peine de faire rétrécir votre décolleté.

LES PROTHÈSES FLEURY NICHONS

À défaut de réussir à faire pousser des plantes sur votre balcon, fleurissez vos balconnets !

Le silicone est ici remplacé par du terreau riche en oligoéléments qui permettra la pousse de nombreuses fleurs sur la belle plante que vous êtes.

Le petit plus : vous bénéficierez ainsi des bienfaits de la nature à même vos poumons !

Le petit moins : il vaudrait mieux que votre partenaire ait la main verte.

LES NOËL MAMMAIRE

Inspirée par l'esprit résolument vert de monsieur Noël Mamère, cette valeur sûre est à retrouver au pied d'un sapin sourcé de forêt écoresponsable ! Ces prothèses écolos sont recyclées à partir d'anciens implants de stars.

Le petit plus : retrouvez un peu de Pamela Anderson en vous !

Le petit moins : ces pièces vintage sont collector, mais peuvent parfois sentir la fripe.

LES SEINTRÉS

Ce modèle audacieux incorpore un implant de téton exclusif. Sa forme de patère vous permettra de multiples usages. Tous les regards seront pointés sur vous !

Le petit plus : accrochez-y vos sacs pour garder les mains libres en toute circonstance.

Le petit moins : vos collègues risquent de vous confondre avec un portemanteau et d'y accrocher leurs vestes en entrant en réunion.

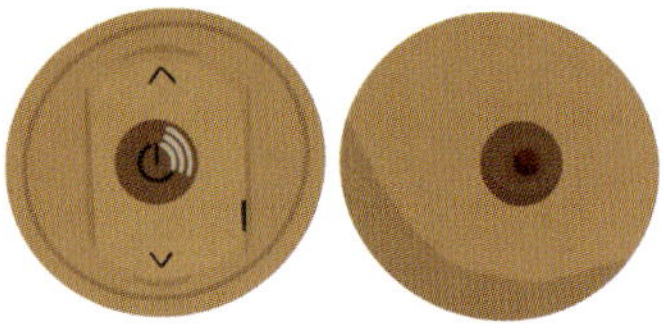

LES ILLUMINA-TITS

Pourquoi ne pas allier esthétique et domotique ? C'est chose faite avec les illumina-tits.
Cette merveille de technologie permet de contrôler vos luminaires sans les mains. Appuyez sur votre interrupteur avec votre sein et réglez facilement votre éclairage du bout du téton.
Le petit plus : à défaut de faire partie d'une société secrète qui contrôle le monde, vous contrôlez l'éclairage de votre salon avec vos seins.
Le petit moins : ça ne sert strictement à rien.

LES NESPRESSEINS

Les prothèses idéales que toutes les mamans qui allaitent devraient se faire poser.
Eh oui ! Boire du lait tiède peut être lassant pour bébé. Faites-lui profiter de diverses boissons lactées grâce aux capsules que vous pourrez vous insérer dans la poitrine : lait vanillé, latte chaud, chai latte... tant de savoureuses boissons s'offrent à votre chérubin !
Le petit plus : bébé n'est pas le seul à en profiter, vous aussi vous pouvez désormais vous offrir une délicieuse boisson chaude à tout moment de la journée. Si, si, même dans le métro.
Le petit moins : telle une bouilloire, vous serez souvent sous pression. Mais après tout, ça ne change pas grand-chose pour une maman avec un enfant en bas âge.

OFFRE SPÉCIALE !
Ce mois-ci, la clinique Esthétits vous propose une promotion exceptionnelle : 2 prothèses achetées, la 3e offerte ! Alors pourquoi ne pas en profiter ?

La méthode Jedaïe : l'épilation venue d'une galaxie lointaine, très lointaine...

Cette nouveauté ravira tous les fans de l'univers Star Wars qui n'ont plus **la Force de perdre du temps à s'épiler les jambes.** À la vitesse de la lumière, prenez rendez-vous avec un maître Jedaïe de l'institut « L'Étoile noire » pour une épilation définitive au sabre laser. En 2 temps, 3 mouvements, cautérisez définitivement vos problèmes de pilosité.
Comme dirait Maître Yoda : « Point de repousse il n'y aura, lisse tu seras. »

Sexo conseils

par le docteur Huguette Le Uq

Qui de mieux qu'une sexologue d'expérience pour répondre aux questions que vous n'osez pas poser ? Du haut de ses 87 ans, Huguette en a déroulé du câble, et ses réponses fleurent bon le vécu. Alors mesdames, à vos questions !

Il me propose de tester l'union libre. Je suis un peu fébrile…

Moi qui ai eu l'infortune de connaître la France en temps de guerre, je vous garantis que c'est un bonheur incommensurable de vivre dans une Union européenne libre. On devrait toujours être ouverts à de nouvelles cultures, et surtout aux mélanges. Ne vous posez plus de questions : considérez cette chance et bénissez-la !

Il voudrait faire un plan à trois. Je doute, auriez-vous un conseil ?

Si vous êtes perdue, il est parfois pratique de bénéficier des conseils d'une tierce personne pour déterminer le meilleur trajet jusqu'à votre destination. Les téléphones et autres appareils ne sont pas toujours fiables. Comment faisait-on avant ? Vous avez raison de vous pencher à trois au-dessus d'un bon vieux plan en papier.

Je voudrais pécho ma meilleure amie, mais elle ne sait même pas que je suis homosexuelle. Comment faire ?

Pêcher entre amis est une activité fort plaisante ! Ça me rappelle les parties de pêche aux moules de mon adolescence. Pourquoi ne pas lui proposer ? C'est un coquillage facile à ramasser lorsqu'on débute. Ça fait plaisir de voir cette jeunesse qui retourne à des activités de plein air, plutôt que de courir les garçons !

Merci Huguette pour ces précieux conseils !

NETFLIC

Grâce à notre code promo « Icônne3 », profitez de 3 mois offerts à Netflic, la première plate-forme de streaming qui regroupe toutes les séries policières du monde. Découvrez ou redécouvrez entre autres :
Julie Lescroc, Chère Loque, Alice 9 heures : le juge a la flemme, Joséphine Ange Gardien de la paix…

Zoom sur la gamme Kylie Döner Cosmetics

Les nouveautés Kylie Döner viennent de sortir, et on vous garantit qu'elles vont vous faire briller de mille feux : de quoi vous mettre l'huile à la bouche !

La nouvelle palette STO (salade-tomate-oignon)

Elle rehaussera vos paupières avec de jolies notes de vert, de rouge et de blanc. Un make-up frais et végétal qui sublimera votre regard de braise. Le petit plus : son parfum vivifiant d'oignon cru, qui émouvra aux larmes tous ceux qui vous approcheront !

Le fond de teint à l'huile de friture

En plus de sublimer votre teint en lui apportant une touche glowy, il permettra à votre peau de dorer au soleil telle une broche de viande à kebab grâce à sa texture enrichie en oméga-3 et en acides gras saturés.

Le gloss corail sauce samouraï avec son applicateur frite, pour une jolie bouche gourmande !

Il sublimera vos lèvres avec ses paillettes de cristaux de sel savoureux. Existe également en teinte rouge parfum ketchup, et teinte nacrée parfum sauce blanche.

La touche Kylie Döner Cosmetics

Chacune de vos commandes sera livrée dans une boîte en polystyrène que vous pourrez collectionner et recycler en tenues originales, pour avoir le total look kebab !

DO IT YOURSELF : LA CUSTOMISATION DE SON CERCUEIL !

Pour être enterrée dignement dans un cercueil qui vous ressemble à 1 000 %, mieux vaut prendre les devants ! Vous êtes un bijou qui mérite le plus beau des écrins, et vous seule êtes à même de le choisir. Mais toutes les pompes funèbres que vous consultez ne proposent que des modèles tristes et ringards ? **Amatomb.com a la solution pour vous !** Pour un prix défiant toute concurrence, choisissez la boîte de vos rêves et customisez-la dans les moindres détails. Essence de bois précieux, tissus nobles, fausses fleurs, sequins ou même stickers, votre imagination est la seule limite pour faire de votre tombeau une dernière demeure mortellement chic. Avec sa période d'essai de 100 jours, vous pouvez même dormir dedans plusieurs mois pour vérifier que vous êtes parfaitement à l'aise dans la création qui vous accompagnera pour **votre repos éternel.**

Amédée, qui gère les rubriques mode, s'est laissé tenter par un revêtement de patchwork en jean (clin d'œil aux années 2000 qui reviennent en force) et a agrémenté le tout avec des contours de dentelle. Pour l'hommage à la maison Christian Dior, qu'elle idolâtre, elle a rajouté une broderie reprenant la typo du célèbre logo et l'a complétée d'un D pour être raccord avec sa future situation (DCD).

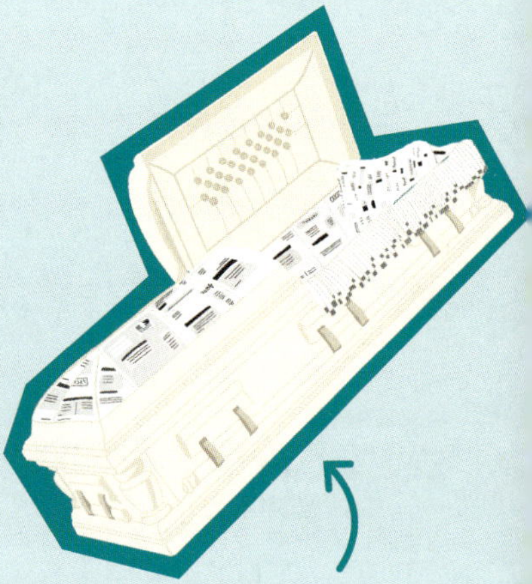

Christiane, des pages art et culture, a décidé de miser sur une œuvre entièrement peinte à la main. Elle y a représenté un œil géant, symbolisant celui qu'elle garde toujours ouvert pour repérer les nouveaux courants artistiques. Elle aime appeler sa création « Le Cercœil ».

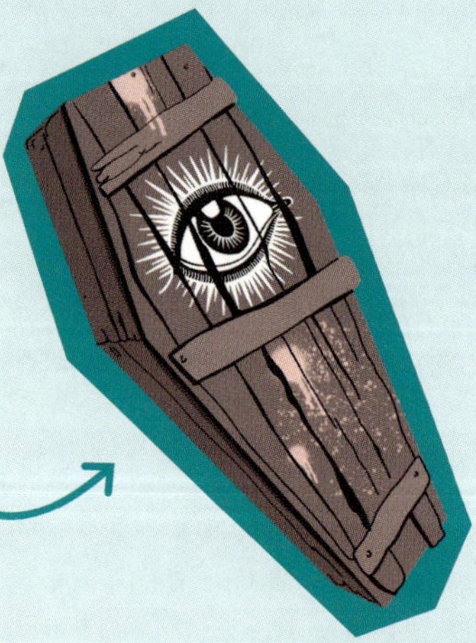

Quant à Béné de la compta, son choix s'est porté sur un revêtement réalisé avec des factures de la boîte, qu'elle est venue coller au pinceau sur le bois. Une custom' en noir et blanc au rendu très arty. Elle a également utilisé tous les relevés de comptes offshore passés à la déchiqueteuse pour rembourrer son matelas. Elle emporte ainsi tous les sombres secrets d'Icônne dans sa tombe.

Amatomb.com pense également à lui ! Pour les passionnés d'automobiles, le site propose de jolies bases de cercueil à 4 roues que vous pourrez customiser avec une large variété de peintures métallisées, de jantes, de stickers, et même de néons tuning. Un virage réussi vers l'au-delà pour tous les pilotes décès.

Neutrojeuneâge
Capturez le capital jeunesse de votre peau.
Crème antirides spéciale 8-12 ans.
Efficacité prouvée sur la patte-d'oie,
la ride du lion et les lignes du sourire !
100 % des rides inexistantes sont estompées.
Neutrojeuneâge
CRÈME ANTI-RIDES

Passion contouring !

Laissez-vous emporter par le tourbillon du contouring ! Cette technique make-up vous permettra de mettre en valeur votre visage et votre vie tout entière. Munissez-vous d'un feutre et suivez nos instructions à la ligne pour entrer dans le cercle d'un style rondement mené !

D'un geste assuré, commencez par tracer le contour de votre visage. Votre faciès ainsi cerclé, vous attirerez les regards et serez au centre de toutes les attentions !

Poursuivez l'expérience en adoptant un lifestyle entièrement « contouring » : tracez des cercles autour de vos meubles, vos aliments, produits de beauté, objets de décoration, et pourquoi pas votre animal de compagnie… il a droit au glow up lui aussi !

Après cette longue journée de mise en beauté, **accueillez votre conjoint.e dans votre nouveau cocon**. Observez comme il.elle vous contourne avec des yeux ronds pour récupérer ses affaires et vous quitter. Il.elle claque la porte en vous criant que vous lui avez « mis une tête au carré avec vos cercles » !

Contourez-vous d'un plaid et de boîtes de mouchoirs afin de pleurer abondamment en pensant à votre vie sentimentale et votre appartement que vous venez de saccager. Tout en cercles et en cernes, vous faites grise mine en fixant celle de votre feutre.

Tracez des cercles autour de votre animal de compagnie… il a droit au glow up lui aussi !

Coincée dans un cercle vicieux, vous êtes en manque de lignes.

Assez pleuré ! Relevez la tête, **vous êtes la queen du contouring après tout,** alors sortez à la recherche de nouveaux supports à conquérir.

Oh ! Une scène de crime ! Un badaud vous informe qu'un meurtre vient d'être commis dans l'immeuble auquel vous faites face. Faufilez-vous à pas feutrés sous le cordon de sécurité, esquivez les policiers et tracez votre route jusqu'au corps de la victime.

Sortez votre feutre, agenouillez-vous, et tracez les contours de la dépouille au sol… retrouvez-vous nez à nez avec le fonctionnaire de police scientifique qui marque la silhouette de la scène de crime. Dites-lui que vous êtes ravie de travailler avec lui pour offrir à ce corps sans vie un contouring glamour qui l'accompagnera vers l'au-delà !

Oups. Il ne semble pas apprécier votre aide.

Laissez-vous encercler par les forces de l'ordre et par la douceur de la camisole de force que vous enfilent les infirmiers de l'hôpital psychiatrique qui viennent vous interner. Profitez à fond de votre nouveau cadre de vie, et ne vous privez surtout pas de tourner en rond à l'infini dans votre chambre capitonnée.

La gyménage

La gym dont les ménagères raffolent !

Faire le ménage et se raffermir, deux passions féminines enfin réunies en une seule activité ! Commandez vite votre box Gyménage et découvrez ses accessoires de sport in-dis-pen-sables !

L'épongym : révolutionnaire, cet haltère intègre une éponge à ses extrémités. À chaque assiette lavée, on tonifie les bras et on travaille les pectoraux pour remonter les seins. Vous n'avez plus qu'à revendre votre lave-vaisselle et inviter des amis tous les soirs à dîner pour dire adieu aux bras de chauve-souris.

Le musculaspirateur : le concept, deux aspirateurs sans fil soudés à chaque bout d'une barre de musculation pour travailler vos dorsaux et vos fessiers tout en dépoussiérant vos sols. C'est l'astuce parfaite pour des fesses aussi fermes que votre carrelage.

Le tapetto-abdo : travailler ses abdominaux tout en nettoyant vos tapis : LE rêve ! Cet astucieux banc de musculation fourni avec son serre-tête tapette vous permettra de faire voler la saleté à chaque soulevé. Adieu la poussière et bonjour les tablettes de chocolat !

La corde à plumeau : simple et efficace, cette corde à sauter entièrement tissée de plumes est l'arme absolue contre les toiles d'araignées. Il ne vous reste plus qu'à sautiller partout chez vous pour nettoyer votre intérieur, et tonifier votre extérieur.

RECETTE GASTRONOMIQUE

simple et rapide pour une personne

Sortez de chez vous en vous équipant d'un panier. Munissez-vous de votre voiture afin de vous rendre au fast-food le plus proche. Approchez-vous de la borne Drive et énumérez distinctement les ingrédients de votre recette devant un micro doté d'une unité centrale multimédia : **« Un soupçon de cheeseburger, agrémenté d'une grande portion de frites et de 860 ml de boisson gazeuse. »** Avancez de quelques mètres et fouillez le contenu de votre sac à main afin d'y retrouver votre portefeuille. Tendez votre carte bancaire au guichet afin d'effectuer votre paiement. Faites revenir votre ticket de caisse dans le vide-poches. Avancez encore de quelques mètres et **laissez reposer votre flemme le temps que votre préparation mijote.** Voyez comme l'employé du fast-food vous juge, car vous venez ici tous les jours. Retournez-vous toutes les minutes pour éviter de roussir de malaise.
Récupérez votre préparation et réservez-la dans votre panier. Rentrez chez vous. **Voilà, c'est prêt !** Vous n'avez plus qu'à déguster votre préparation avec un pincée de mal de ventre et un zeste de regret immédiat.

Avis aux chefs en herbe ! Dans le prochain numéro, découvrez la recette des sushis à emporter.

LA FRANGE EN SPRAY !

Vous n'osez pas sauter le pas du coup de ciseaux mais la frange vous fait de l'œil depuis trop longtemps ? Optez pour la solution éphémère en spray. Appliquez un des nombreux pochoirs du set sur votre front : frange rideau, courte ou bien encore dégradée, vous aurez l'embarras du choix et pourrez renouveler votre style tous les jours ! Sublimez votre coupe en un seul pschitt !

14 € le kit chez Jacques Defranges

Du côté de chez toi

La rubrique riche en idées de décoration !

Le style jungle

Visite guidée du cocon de Stéphanie, qui nous emmène dans son intérieur green et luxuriant.

Stéphanie : Au départ, la décoration de mon appartement était tout ce qu'il y a de plus banal. Meubles en kit achetés dans le magasin d'une célèbre marque suédoise, photos de gratte-ciel new-yorkais, table basse sur laquelle s'entassent des magazines déco et des bougies parfumées… Et puis l'arrivée de mon lombricomposteur a mis un coup de pied dans la fourmilière de mon banal terrier. Initialement, je voulais simplement diminuer naturellement mes déchets de cuisine : j'avais investi dans un joli bac en teck pour accueillir une famille de 10 lombrics… mais j'ai rapidement été dépassée par les événements. Ces derniers se sont très vite multipliés et, se sentant à l'étroit, ont commencé à faire le mur. Un soir en rentrant du travail, j'ai constaté qu'une trentaine d'entre eux glissaient sur le carrelage de la cuisine. Alors, pour ne pas les priver de leur envie d'exploration, j'ai commencé à jeter mes épluchures et mes restes au sol, pour qu'ils aient toujours un petit quelque chose à grignoter en cas de fringale. Dans un esprit jungle, petit à petit, j'ai transformé mon appartement en compost géant. Plus besoin de fausses fleurs, entre les poutres et les lombrics apparents, mes géraniums et ficus poussent en abondance et sans problème. Mes invités sont toujours agréablement surpris en découvrant mon intérieur green qui fleure bon le zero waste !

Le style épuré

Rencontre avec Anne-Lise, qui fait du minimalisme un art de vivre.

Anne-Lise : Mon copain m'a fait la surprise de réagencer totalement notre logement pour laisser place à ce nouveau style de déco. J'ai d'abord été stupéfaite, car nous n'en avions jamais parlé ensemble. C'est en rentrant du travail que j'ai découvert ce merveilleux relooking ! Il avait pris soin de vider entièrement notre appartement de tous nos meubles, de l'électroménager, de la télévision, et de tous mes bibelots… Doté d'un grand perfectionnisme, il a poussé le détail jusqu'à vider notre compte bancaire pour être raccord ! Et il s'est donné tout ce mal sans rien attendre en retour, pas même un merci, vu que je ne l'ai pas revu depuis pour pouvoir le lui dire. Finalement, même notre relation de couple a suivi la tendance épurée, puisque nous n'avons strictement plus aucun contact.
Quelle chance d'avoir un copain décorateur d'intérieur pour enjoliver ma vie ! C'est ce que je me dis tous les soirs en me couchant par terre.

Ça t'étonne ?

Les tétons féminins sont encore perçus comme choquants par Instagram et Facebook, qui les considèrent comme pornographiques et suppriment immédiatement les photos qui osent en montrer. En revanche, le téton masculin, lui, ne pose aucun problème. Aidez Icônne à rentrer dans le droit chemin en cachant le mamelon maléfique qui s'est glissé parmi ces viriles tétines d'homme. Après tout, il nous semble essentiel de censurer ces visuels extrêmement traumatisants de toute urgence, on verra plus tard pour les contenus racistes, homophobes et autres incitations à la haine et à la violence. Dans la vie, il faut avoir des priorités !

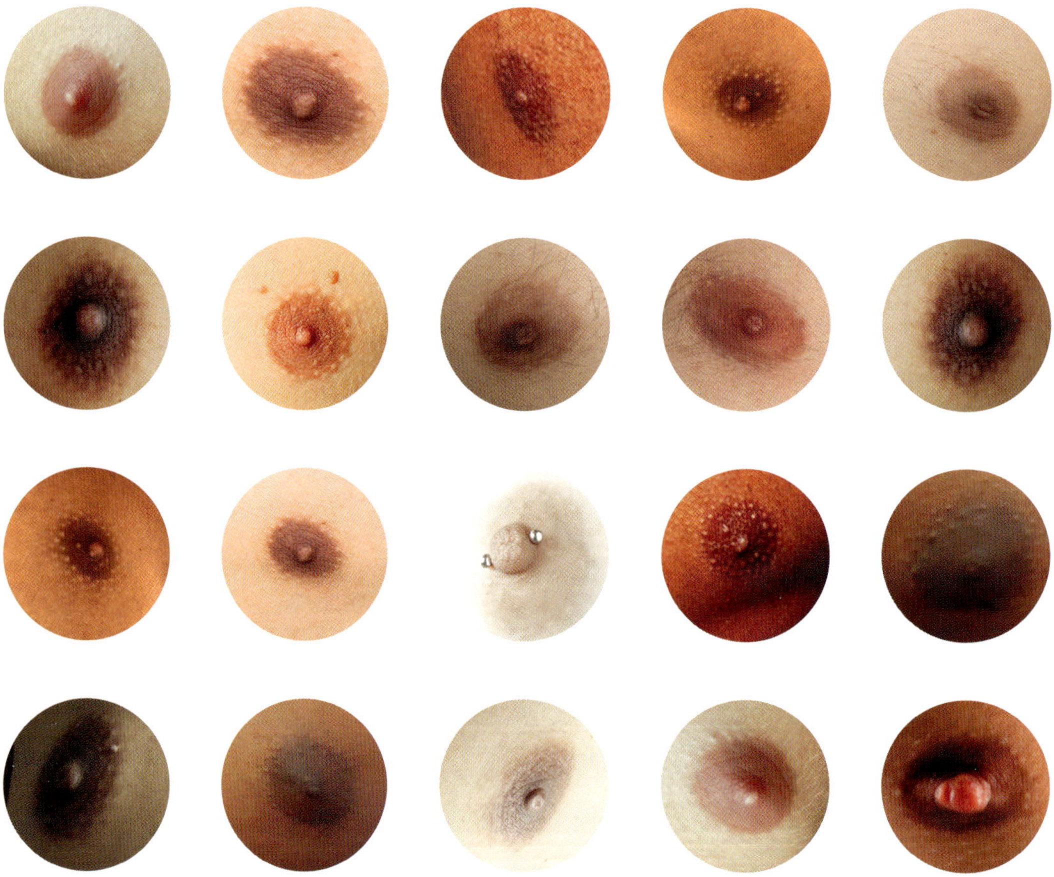

DÉCOUPEZ, CENSUREZ !

BALMAINS

Nouveautés parfums

Retrouvez les dernières tendances des parfums féminins : boisé, félin ou gourmand, laissez-vous séduire !

LANCÔNE
Le parfum en chantier
qui vous enchantera

GUCCHIPS
De délicieuses
senteurs de
pomme de terre

THIERRY MUGLAIRE
Le flacon qui n'a
rien à cracher

SCAN-DALLE
DE JEAN-PAUL GAUDIÈTE
Cette fragrance coupe-faim sera
votre allié minceur.

PRADADA
Quelques notes de poney
idéales pour partir en courses

MIOU MIOU
Pour les faire
ronronner de plaisir

PACO RABBACHE
Un parfum de déjà-vu

PLAIEBOY
La fragrance
désinfectante

DOLCE & CABBANON
La senteur du fond du jardin

La CustoMOIsation

Vous êtes solaire, alors pourquoi ne pas illuminer votre intérieur avec des portraits de vous-même ?! Simple et efficace : imprimez votre visage en centaines d'exemplaires et tapissez vos murs et vos meubles avec. Pour une fois, vous faites tapisserie dans le bon sens du terme.

Attention ! Si vous êtes plus chiante que solaire, la custoMOIsation n'est recommandée que dans vos W-C.

LE BUZZ DU MOIS : Caddie B, la rappeuse qui joue dans la cour des grandes surfaces !

L'enseigne de supermarchés Biocops crée le buzz en étant la première grande surface à **produire un talent musical**. En effet, pour promouvoir ses magasins, l'un des leaders de la vente bio mise sur l'artiste Caddie B. De la collaboration avec la jeune rappeuse est né un album chantant les **louanges des produits issus de l'agriculture biologique.**

Et ça cartonne, puisque le tube *WAP*, acronyme de **World Anti-Pesticides**, passe en boucle sur toutes les stations de radio. Un challenge en référence au clip envahit même dans la foulée les réseaux sociaux, on y voit des milliers de gens **twerker sur des aubergines sans OGM !**

Plus rien n'arrête Caddie B, qui semble en roue libre vers le succès. On parle même d'une collab avec Nicki Ménage, pour vanter les mérites d'une gamme de **produits ménagers sans substances toxiques.** Et les fans sont ravis, puisque la chanteuse vient d'annoncer qu'elle sera en tournée dans tous les supermarchés Biocops de France : **de quoi bien remplir les caisses !**

Caddie B : « Biotiful Tour » billets en vente sur le site Biocops - 35 €

À ne pas rater :

Duo Lipa, le duo qui ne fait que des reprises de Dua Lipa.

La révélation de l'année

La reine de la pop Anne Gel cartonne avec son premier album ***Brosse***. Retrouvez les titres déjà cultes : ***Balance ton coiffeur*, *La Loi de Murfrise*** **et** ***Je veux tes cheveux***… des chansons qui passent au peigne fin les problèmes capillaires du quotidien.

La jeunesse à portée de pattes !

La marque Clinique Vétérinaire pense à nos amis à quatre pattes, en proposant un soin anti-âge à glisser dans leur trousse de toilette entre les vermifuges et l'antipuces. Avec brio, Clinique met son véto aux babines ternes et fripées en apportant hydratation à tous les types de museaux. Les moustaches sont défroissées, les truffes repulpées, les oreilles tombantes sont remontées ! Efficacité prouvée, même sur les sharpei : vos animaux de compagnie paraîtront plus jeunes et pourront continuer de faire les beaux, même passée la dizaine !

Crème antiride « K-Beau » de Clinique Vétérinaire, 42 €

Nouveauté déodorant ! Quoi que vous fassiez, vous finissez toujours avec des auréoles ? Avec Nartâche, prenez les devants et dessinez vous-même vos auréoles avant qu'elles n'arrivent. Plus de surprises ! Vous savez qu'elles sont là, et vous les assumez.

Le saviez-vous ?

- **Bulbe et vulve** sont des mots plutôt similaires.
- Le bas de votre dos est bien bombé, vous êtes **« Djomb »**.
- Franchement, **Billie Eilish**, elle chante super bien tsé.
- Ce n'est pas le fait que vous tiriez sur le doigt de vos amis qui provoque leurs pets, mais la contraction de **leur sphincter parfaitement synchro** avec le mouvement de traction que vous effectuez sur leur phalange.

Tendance Children !

Pour paraître et se sentir plus jeune, rien de plus facile : laissez vos enfants vous habiller et vous maquiller. Après la mode boyfriend, c'est la mode children qui nous emporte dans son tourbillon stylistique. Nos chérubins sont de plus en plus précoces, il est donc évident qu'ils ont une vision très éveillée de la mode. Parmi eux se cachent les futurs Christian Dior et Coco Chanel, c'est juste que pour le moment, ils mangent leurs crottes de nez et jouent à écraser leur purée avec leurs mains.

Jouets et bonbons collés dans les cheveux, imprimés non assortis, chaussures dépareillées, rouge à lèvres devenu rouge à visage tant il est étalé sur votre faciès... Vous n'êtes pas convaincue du résultat ? C'est parce que vous êtes déjà trop âgée pour reconnaître le génie de cette nouvelle vague avant-gardiste ! Boomer !

Les bouchons ? ON ADOOOOOOOORE !

Prenez les bouchons en sens inverse : transformez ce pénible test de patience en véritable moment de plaisir.

1. Créez de la musique.

Tapez frénétiquement sur votre klaxon jusqu'à trouver le rythme qui vous transcende. Klaxonnez sans fin en alternant vos mains comme sur un tam-tam. Peut-être que vos voisins de bouchons se joindront à vous pour créer un concerto à la manière de la scène d'introduction de *Lalaland* ?!

2. Méditez.

Lumière tamisée, acoustique étouffée, sapin senteur bois de santal, profitez du cocon de votre coffre à bagages pour aller méditer une vingtaine de minutes. Un moment précieux pour vous recentrer sur la bande d'arrêt d'urgence de votre autoroute de vie.

3. Musclez-vous en toute sécurité !

Saisissez la poignée d'abaissement de votre dossier et passez en mode allongé. C'est parti pour 5 séries de 30 crunchs pour muscler votre « ceinture de sécurité abdominale ». Oui oui, on reste attachée pour créer une résistance. Si un automobiliste vous crie : « Vous êtes cinglée », à vous de lui rétorquer : « Non ! Je suis sanglée ! »

4. Dites ouste aux tensions !

Débloquez les tensions coincées dans vos cervicales et votre gorge en pratiquant le cri primal. C'est le moment idéal. Vous avez fait 3 mètres en 25 minutes, personne ne s'étonnera de vous voir hurler toute seule dans l'habitacle de votre voiture. Prenez une grande inspiration et lâchez toutes les insultes qui vous passent par la tête... Ah, vous le faisiez déjà avant de lire l'article ? Vous devez être un individu si détendu !

5. A star is borne... de kilométrage

Glissez-vous dans la peau d'une pop star : mettez la musique à fond et grimpez sur le toit du véhicule après avoir lancé vos essuie-glaces. À vous de chanter à tue-tête : vous êtes sur le devant de la scène face à un public qui balance ses bras à l'unisson sur votre musique. Si les autres automobilistes relèvent la vitre et détournent le regard, c'est sans doute parce que vous êtes trop éblouissante.

Avec tous ces conseils, vous deviendrez certainement accro aux bouchons. Au final, c'est peut-être pour profiter de ce moment que tout le monde s'arrange pour prendre sa voiture aux heures de pointe.

RESTER EN BONS TERMES AVEC SON EX
92 CALORIES

VOTRE PARTENAIRE DE SEUM
Tg
Ciao
Contre eX

LOISIRS CRÉATIFS :
La pochette-surprise divorce !

Fini les longues discussions larmoyantes et les disputes interminables : **voilà une manière ludique d'annoncer à votre conjoint que vous désirez le quitter.** Grâce à la pochette-surprise spéciale divorce, apportez un brin de peps et de gaieté à cette annonce ! Ne dites rien, tendez-lui le cône en carton et laissez la multitude de petits cadeaux qu'il contient parler pour vous. Vous les avez personnalisés avec soin en amont via le site **eBye.fr**.

Dans un premier temps, délectez-vous de son visage surpris devant **l'explosion de cotillons en forme de cœurs brisés.** Il ne semble pas encore bien comprendre, mais le petit livre « **Mes démarches administratives pour divorcer vite et bien** » le mettra sur la voie. Il risque également de rester bouche bée en découvrant les morceaux de la carte bancaire de votre compte joint, enfilés sur un fil de pêche pour concevoir une gourmette recyclée : **un cadeau fait main avec si peu d'amour, c'est beau !**

Qu'il n'omette pas de bien fouiller le fond de la pochette, une langue de belle-mère s'y cache : littéralement une photo de votre mère qui lui tire la langue avec une bulle de texte : « Bon vent ! »

Comme quoi, une simple surprise vaut bien un long discours.

Bon plan ! eBye.fr vous débarrasse également de votre alliance en la mettant aux enchères.

AVEC DES SIF,
on mettrait Paris en bouteille !

Décidément, on ne sait plus sur quel poil danser ! L'épilation n'est plus tendance. La pilosité s'assume de plus en plus, et il faut donc se mettre à la page. Pour celles qui avaient malheureusement investi dans le laser, il existe des solutions !

La plus maline : les collants

Habillez vos jambes de collants poilus, et ressortez enfin vos petites jupes courtes et vos mini-shorts sans avoir honte de vos tristes jambes lisses.

La moins onéreuse : les postiches

Comme les toupets que l'on vient fixer à l'aide de colle sur le crâne des hommes souffrant de calvitie, on vient fixer des postiches aux endroits désirés : aisselles, sif, maillot… Différentes coupes, longueurs et couleurs sont proposées.

La plus précise : la greffe de poils !

Il s'agit là d'un véritable travail d'orfèvre, de la haute couture poil à poil. Les médecins pourront garnir n'importe quelle zone d'une toison flambant neuve. Des heures de chirurgie pour un rendu ultranaturel et soyeux. Ces interventions se pratiquent déjà un peu partout en France, mais également dans des cliniques à moindre frais et tout aussi efficaces, en Turquie et en Tunisie par exemple. Cependant, nous recommandons de ne pas effectuer de greffe de SIF à l'étranger, car le retour en avion peut s'avérer particulièrement désagréable, étant donné les démangeaisons engendrées par cette opération.

Avec tous ces conseils, votre look sera au poil au gré des saisons !

FOCUS SUR LA NOUVELLE DANSE EN VOGUE :

la teckcovid !

Post-confinement, un professeur de danse électro décide de créer la teckcovid. Rencontre avec Cédrick, le créateur de cette nouvelle discipline virale.

Icônne : Pouvez-vous nous parler de votre parcours ?

Cédrick : Je suis passionné de danse électro depuis toujours, et pour partager ma passion avec le plus grand nombre, j'ai décidé de devenir professeur. J'ai décroché mon diplôme en 2007, et ouvert une école à Rungis dans la foulée. C'était une évidence, j'allais consacrer ma vie à la tecktonik. Malheureusement, quelques mois après l'ouverture de mon école, le mouvement a connu un déclin rapide et brutal.

Du coup, je me me suis reconverti dans une poissonnerie du marché de Rungis, où mes moulinets de bras rapides étaient forts pratiques pour chasser les mouches.

Icônne : Comment vous est venue l'idée de la teckcovid ?

Cédrick : Quoi qu'on en pense, 13 ans plus tard, il y a toujours des nostalgiques de la tecktonik. Mais ils ont juste peur d'être ringards. En parallèle, à la sortie du confinement, les Français ont pris l'habitude de pratiquer les gestes barrières pour freiner le coronavirus.

Remettre la tecktonik au goût du jour en y incorporant les 5 gestes sanitaires

Plus que des réflexes, ces gestes sont devenus un lifestyle. Alors, pour tous les nostalgiques, j'ai pensé à remettre la tecktonik au goût du jour en y incorporant les 5 gestes sanitaires. Le seul hic, c'est que le premier geste barrière est la distanciation sociale, du coup je ne peux donner mes cours qu'en ligne.

Icônne : Racontez-nous l'accueil du public.

Cédrick : Vous n'imaginez pas le nombre de marcels fluo et jeans slim javellisés qui dormaient dans les penderies et n'attendaient que d'être portés. Dès l'annonce de mes cours sur mon Skyblog, les clients étaient au rendez-vous. Toutes ces coupes mulet et ces crêtes qui dansent au rythme de Mondotek sur mon écran d'ordinateur, c'est très émouvant à voir ! D'autant que nous dansons utile ! En reprenant les gestes barrières, nous ne les oublions pas et restons prêts à les appliquer si nécessaire.

Icônne : Bravo Cédrick, quelle réussite ! Que pouvons-nous vous souhaiter de plus ?

Cédrick : J'espère que la teckcovid sera décrétée d'utilité publique et bientôt enseignée en cours d'EPS dans le cadre du programme scolaire.

Icônne : D'accord.

Pas n°1, le « Keep your germs » : Après m'être accroupi et avoir fait un tour sur moi-même, je viens tousser dans mes coudes pour limiter la propagation de mes germes.

Pas n° 2, « Can't touch this » : Je saute sur place et je fais un pas de côté en alternant les jambes tout en venant croiser les bras devant mon visage pour rappeler que je dois éviter de le toucher.

Pas n° 3, « Stay away » : Je passe un bras au-dessus de la tête pendant que je tends le deuxième devant moi pour instaurer une distance de sécurité. J'alterne rapidement ce mouvement en changeant de bras à chaque fois.

Pas n° 4, « Washing hands » : Je frotte mes mains avec du gel hydroalcoolique en faisant des moulinets avec mes poignets et j'envoie mes bras en haut et en bas, à gauche et à droite pendant un minimum de 30 secondes.

Du côté des montres déconnectées

On en aurait presque oublié leur existence, mais les montres qui ne sont pas connectées à nos Smartphones existent toujours bel et bien ! Voici les dernières nouveautés qui remettent les pendules à l'heure.

La plus renversante

Ce bracelet empli de poésie viendra s'enrouler délicatement autour de votre poignet et vous permettra de contempler le temps qui passe au rythme des grains de sable qui s'écoulent dans les bulles de verre soufflé. Vous vous surprendrez parfois à avoir de grandes envolées philosophiques au moment de consulter l'heure : « Que sommes-nous finalement ? L'homme est né poussière et redeviendra poussière. Peut-être finirai-je un jour dans un sablier et alors, un autre humain se posera la même question en contemplant mes cendres s'égrenant perpétuellement. Mon corps étant encore en mouvement malgré ma mort, serai-je éternelle ?... Ah merde ! J'suis en retard pour ma réu ! » La poésie est cependant peu pratique, car il faudra penser à retourner le sablier toutes les 20 minutes pour être toujours à l'heure, et ne pas oublier de garder votre bras parallèle au sol, sous peine de dérégler la montre.

La plus lumineuse

Cet ingénieux modèle à cadran solaire vous permettra d'obtenir l'heure de la manière la plus naturelle qui soit. Vous n'avez qu'à soulever le boîtier de la montre pour vous servir de sa boussole intégrée et vous positionner correctement en extérieur afin d'obtenir l'heure, si la météo est clémente. Pratique !
Cet accessoire vous rendra sans doute « tête en l'air », puisque vous devrez souvent lever le nez à la recherche du soleil. Attention, vous ne pourrez plus vous en servir une fois ce dernier couché, mais peut-être qu'il est temps d'adopter le rythme de vie des poules : levées aux aurores et couchées au crépuscule. Vous serez ainsi reposée, et votre consommation d'électricité allégée. Devenez solaire !

La plus surprenante

Cette charmante montre vous permettra d'avoir un drôle d'oiseau qui passera une tête toutes les heures pour vous faire un petit coucou. Idéal pour combler votre solitude... Profitez-en pour vous poser les bonnes questions. Comment en êtes-vous arrivée là ? Si personne n'affectionne votre compagnie, c'est peut-être que vous n'avez rien de sympathique. Sans doute devriez-vous être moins fermée d'esprit et cesser de critiquer tout ce qui vous entoure. Entre nous, et ça n'arrange rien : vous avez très mauvaise haleine. Je l'ai senti au moment où vous avez léché votre doigt pour tourner la page 15 de ce livre... Appliquez ces conseils et peut-être que vous n'aurez pas besoin de cette montre qui vous réveillera à chaque heure de la nuit car, vous pensant plus maline que tout le monde, vous aurez jeté la notice d'utilisation sans même la lire. Cette montre déconnectée vous reconnectera au monde !

LIBRE
ARBITRE
YVES SAINT GERMAIN

Cartonnez en soirée !

On recycle ses papiers et cartons pour réaliser des outfits Do It Yourself qui vont vous emballer !

Malin le chapeau en boîtes d'œufs : vous pourrez facilement apporter des tournées de shots à vos amis en y déposant tous les verres.

Vous aurez toujours quelque chose à grignoter à portée de main grâce à ces **mitaines en paquets de chips.** Effet 2 en 1 : vos mains seront toutes douces et nourries grâce à l'effet hydratant de l'huile.

Restez au courant de l'actualité, même sur le dancefloor, en lisant les feuilles de papier journal de votre bustier.
Bonus : cet outfit vous permettra d'aborder votre crush avec des phrases originales du type : « Ça te dirait de feuilleter mon journal intime ? »

N'importe quel sac en papier fera l'affaire pour apporter un détail chic à votre tenue. D'un coup de stylo magique transformez-le en pièce de luxe griffée. **Offrez-vous les marques les plus prestigieuses pour 15 centimes !**

Plus besoin de sortir vos nouvelles chaussures de l'emballage, **enfilez vos souliers à même la boîte** et gardez-les ainsi éternellement propres malgré les verres renversés autour de vous.

Les inventions D'ALBERT WEINSTEIN

Accusé de viol et de harcèlement par de nombreuses femmes, le tristement célèbre producteur de cinéma délire en plein procès ! Ayant décidé d'assurer sa défense lui-même, il avait prévu toute une mise en scène pour étayer ses propos. C'est ainsi que, devant un tribunal interloqué, Harvey Weinstein installe un tableau noir et une table recouverte d'ustensiles de laboratoire pour animer cette plaidoirie ridiculement théâtrale.

« **Je suis Albert Weinstein ! Je suis un génie incompris !** » s'écrie-t-il en pleine audience.

L'homme, habillé d'une blouse blanche, s'ébouriffe les cheveux et tire la langue devant un parterre médusé. Il saisit une craie et commence alors à remplir le grand tableau d'ardoise avec l'équation de son « innocence ».

« Je conteste les faits qui me sont reprochés. Je vais vous vulgariser mon hypothèse par le biais d'un exemple simple. Prenons une jeune comédienne au physique atomique : si je décide de fusionner nos deux masses corporelles dans le noyau de mon lit, je peux lui promettre de propulser sa carrière à la vitesse de la lumière. L'expérience est donc concluante pour ses deux sujets. »

Lorsque la partie adverse évoque les pressions psychologiques qui ont été exercées sur ses victimes, ce dernier rétorque :

« Évidemment, cette formule doit impérativement rester secrète, elle ne peut pas quitter mon laboratoire Miramax. C'est pourquoi, afin que la comédienne garde le silence, je suis obligé d'effectuer une manipulation grâce à un effet de pression en la menaçant d'une destruction massive de sa carrière si elle en parle. »

Consentement ou non, c'est une question de relativité !

Et lorsque le juge présente à M. Weinstein les nombreux témoignages de ses victimes évoquant des attouchements et des rapports non consentis, ce dernier s'emporte :

« Consentement ou non, c'est une question de relativité ! **Il s'agit là d'agressions physiques quantiques !** Peu importe si la chimie n'est pas toujours présente lors de mes rapports sexuels, c'est sans gravité puisque c'est pour faire avancer la science ! Ma découverte est simple: $E=mc^2$ soit : des Ébats = maintien de carrière², » termine-t-il en notant la formule sur son tableau.

Face à ce lamentable discours, la sentence du juge est irrévocable. **Il déclare Harvey Weinstein coupable** d'agressions et de viols puis se lève silencieusement et se dirige vers lui pour lui ôter la craie de la main. Après un coup de chiffon et une correction, la formule du « scientifique » prédateur est devenue : E = metoo.

Eurêka, les temps changent !

L'expo du moment :

« L'art au bout des ongles »

La nail artiste Manu Cure nous invite à plonger dans l'univers atypique de son concept store comme on plonge ses pieds dans un bac rempli d'eau chaude. Cette dernière a créé un lieu mêlant salon d'onglerie et galerie d'art hors du commun. Enfilez votre paire de tongs jetables et profitez du temps de séchage de votre pédicure pour déambuler entre les œuvres.

Mettez les pieds dans le plâtre

Dans un premier temps, découvrez le corner Cuties Cules, l'espace dont les murs et le sol sont tapissés de cœurs et de fleurs ultra kawaii façonnés à partir d'un mélange de plâtre et de poudre de cuticules. Une manière so cute de nous rappeler que nous sommes tous voués à redevenir poussière.

Le vernis sage

Plongez dans une pièce à l'ambiance pop dont les murs sont recouverts de mosaïques de milliers de faux ongles. Les compositions forment des rosaces, des dégradés et même un autoportrait de l'artiste, grâce au positionnement précis des prothèses ongulaires aux différentes couleurs de vernis. Cette œuvre est sans doute la plus représentative de la griffe de Manu Cure.

La boule à nails

Poussez les portes d'une verrière hermétique géante et profitez de la féerie du lieu ! La poésie est au rendez-vous, puisque vous pourrez vous promener dans une véritable boule à neige à taille humaine, dans laquelle les flocons d'origine synthétique ont été remplacés par des flocons d'origine humaine. Via un astucieux système de soufflerie, sentez les fragments d'ongles effleurer délicatement votre peau. On serait presque tenté de tirer la langue pour faire fondre des flocons dans sa bouche… mais en fait non.

Sentez les fragments d'ongles effleurer délicatement votre peau.

Le mot de l'artiste

« J'ai imaginé cette structure comme une œuvre participative. Dans cette sphère organique, des coupures d'ongles de milliers de personnes dansent, se mélangent et s'entrechoquent au gré d'un souffle continu. Il m'a fallu près de 7 ans pour récupérer assez de coupures dans mon salon pour alimenter cette œuvre, dont je suis extrêmement fière. »

Objectif grand ongle

Pour clôturer votre visite, entrez dans le studio photo du salon, et installez-vous sur une réplique ultraréaliste d'un ongle géant. Manu Cure en personne se chargera d'immortaliser ce moment inoubliable en prenant une photo sur le pouce !

L'avis de la rédac :
On a limé l'expo en y retournant plusieurs fois et on adore son concept 2 en 1 : ressortir du lieu la tête pleine de rêves et les ongles pleins de vernis !

Le mannequin porte le modèle Rihanna

Les yeux sont le reflet de l'âme, c'est bien connu. Vous avez une âme d'artiste ? Alors foncez sur ces paires de lunettes pour sublimer votre regard. En trompe-l'œil, elles proposent des imprimés des yeux des plus grandes stars : **Cara Delevingne, Emma Stone, Rihanna, Kendall Jenner…** le panel est large. Enfilez vos lunettes et jetez de la poudre aux yeux en un tour de main. **45 € la paire chez les opticiens Affleloose**

MODE AN-DRONE-GYNE !

Un vent frais souffle sur les podiums, dans tous les sens du terme !

Les hélices des drones qui défilent décoiffent littéralement les spectateurs des premiers rangs des fashion weeks. En effet, de plus en plus de mannequins, hommes comme femmes, sont remplacés par ces petits aéronefs télécommandés, d'où le nom de ce nouveau mouvement : **la mode an-drone-gyne**. De nombreux créateurs ont succombé à cette manière de présenter leurs collections. Le directeur de la maison Chanaile témoigne : « Le procédé est ultrasimple : **en backstage, nous n'avons qu'à suspendre les cintres aux drones** et le tour est joué ! Aucune retouche à faire, les vêtements tombent toujours à merveille. Les défilés sont devenus beaucoup plus fluides, plus aériens. Le gros plus, c'est qu'il n'y a aucune chance de mauvaise chute, et surtout que nos drones ne risquent pas de prendre du poids ! **Amazing !** »

Le top model du moment : **le Kendrone Jen'air 3000**. Des lignes à tomber par terre, de grandes hélices dignes d'un ange Victoria's Secret et une autonomie lui permettant de voler de ses propres ailes durant des heures. **La mode nous fait planer !**

LA SÉRIE ÉVÉNEMENT

Cette série est faite pour toutes les fans de lingerie et adeptes du vintage, puisqu'elle retrace les aventures extraordinaires d'un groupe de sous-vêtements des années 80.
L'action se déroule en 1983, dans un atelier de couture d'Hawkins, dans lequel un string disparaît brutalement sans laisser l'ombre d'un fil. Ses amis Slip, Boxer et Caleçon vont tenter de le retrouver, aiguillés par Tanga, un sous-vêtement possédant le pouvoir de devenir invisible sous les pantalons. Dans le même temps, l'atelier de couture est le théâtre de phénomènes surnaturels liés aux expériences d'un créateur de mode fou qui déclenche l'ouverture d'une brèche dans l'upside down : un monde terrifiant dans lequel les humains portent leur lingerie par-dessus leurs vêtements... Peut-être que le pauvre string égaré s'y trouve retenu contre son gré dans le clip *Slave* de Britney Spears, dans lequel elle le porte par-dessus son pantalon de cuir...

STRANGER
STRINGS

DIORA l'exploratrice

Le jeu vidéo qui buzze : Human Crossing

Nintenado tape fort avec ce jeu aux graphismes adorables dans lequel vous pourrez incarner un adolescent tout ce qu'il y a de plus ordinaire et évoluer dans votre propre Île-de-France. Dans la maison de vos parents, vous disposez d'une chambre que vous pourrez personnaliser en achetant divers objets de décoration. Gagnez vos « pochettes », monnaie fictive du jeu remise par vos parents comme argent de poche, en ramassant les fruits et légumes du jardin, tondant la pelouse, lavant la voiture familiale… ou encore en revendant vos vieux bibelots à la brocante. Flânez dans ce monde ordinaire et interagissez avec d'autres adolescents en visitant vos chambres respectives. Voilà. **Ce jeu au gameplay infini fera de vous un éternel adolescent. Évasion garantie !**

Statistiques

99 %

des gens qui boivent des shots ne le font pas par plaisir gustatif, mais uniquement pour se mettre des grosses races.

100 %

des personnes ayant ce livre à proximité sont protégées du mauvais sort, car j'en ai décidé ainsi.

10 %

est le nom d'une série française qui mélange comédie et drame au sein d'une agence artistique d'acteurs. Franchement c'est pas mal, je recommande.

LE TWERK POUR LES NULLES : le DWERK

Fini le moment gênant où, alors que *Anaconda* de Nicki résonne en soirée, vous ne parvenez pas à twerker de manière sexy. Vous rêvez de faire des mouvements de hanches et de fesses provocants, et pourtant **vous ne provoquez que de la consternation...**
C'est triste, car vous avez passé des heures à vous entraîner devant votre miroir... mais vous avez beau y mettre toute la volonté du monde, vous donnez l'impression d'un chat qui régurgite la plus grosse boule de poils que la Terre ait jamais portée.

Fini les tracas ! Le Dwerk est la solution ! Cette tendance nous vient tout droit du web où elle a été popularisée par l'artiste polymorphe Natoo. Grâce à cette danse, on laisse tomber les oscillements trop compliqués du postérieur et on se concentre sur des ondulations dorsales hypnotiques. Entrez en transe sur la piste en creusant et arrondissant le dos de manière frénétique sous les regards ébahis des autres danseurs. Votre osthéopathe est consterné et vous n'êtes certes toujours pas provocante, mais au moins, vous provoquez le respect des gens pour votre indifférence au ridicule !

Retrouvez le clip *Dwerk* et rejoignez le mouvement !

Répétez ces deux mouvements à l'infini !

Le compte Insta à suivre absolument !

Vous aimez les belles pêches ? Ce compte vous fera saliver d'envie devant les courbes pulpeuses de ce fruit à la peau veloutée. Liker ces photos deviendra votre nouveau pêcher mignon !

SPORT : LE ROMAN D'UNE VICTOIRE BIEN MÉRITÉE !

Pole en Ski rafle l'or à nouveau avec une incroyable performance aux Jeux olympiques d'hiver. Son slalom entre les problèmes de justice, les procès et les extraditions nous laisse bouche bée. Un champion à surveiller !

Sélection maillots de bain

Le maillot anti-relous : Vous en avez marre de vous faire mater à la piscine municipale alors que vous êtes venue faire vos longueurs hebdomadaires ? Assez de vous faire reluquer alors que vous marchez tranquillement le long de la plage en bikini ? Malheureusement, la vie est pleine de gros lourds sans éducation ! Pour les jours où vous n'avez plus la patience de leur faire comprendre que vous avez le droit de vous promener en deux-pièces sans pour autant vous faire mater de haut en bas comme un bout de viande, voici la solution : le maillot à imprimé ventre et torse velus. Généralement, les reluqueurs n'aiment pas du tout les femmes poilues, alors avec ce maillot vous serez tranquille ! Voyez leur visage prendre un air dégoûté sur votre passage, un peu comme si vous aviez arraché leur sourire pervers avec une bande de cire !

Le maillor : un modèle brillant cousu de lingots d'or. Vous serez rayonnante sur votre serviette. Attention cependant à la réverbération solaire, on passe vite de peau dorée à écrevisse. En bonus, il vous permettra d'explorer les fonds marins au plus proche...

200 199,99 € chez Mango'R

Le maillonaise : un délicieux maillot comestible en mayonnaise dans lequel vous pourrez saucer vos frites sur la plage. Une fois dégusté, rincez-vous, mais assurez-vous d'être sur une plage naturiste pour ne pas vous retrouver dans une situation embarrassante.
18 500 calories, chez Asauces

Maillot de bain d'hiver : Qui a dit que les maillots de bains étaient réservés à la plage ? Avec ce modèle qui ne manque pas de toupet, peaufinez votre bronzage sur les pistes de ski. Sa fausse fourrure vous donnera un vrai style, à vous le look sexy yéti !

45 € chez Colline Klein

Mon
GUERLAINE

Passion ASMR

À chaque édition, Icônne vous fait découvrir une personnalité hors du commun. Ce mois-ci, rencontre avec Émeline, de la chaîne YouTube « I lobe you ». Cette jeune femme pleine de peps, postant des vidéos d'ASMR à sa communauté forte de 1206 abonnés, répond en chuchotant à toutes nos questions.

Icônne : Bonjour Émeline, pour commencer, pourriez-vous présenter l'ASMR à ceux qui ne connaissent pas encore cette pratique pourtant incontournable aujourd'hui ?

Émeline : Bien sûr ! L'ASMR vient de l'anglais Autonomous Sensory Meridian Response. Par des chuchotements, tapotements, froissements de textures, on vient stimuler sensoriellement l'auditeur afin de provoquer chez lui un moment de plaisir et de relaxation.

Icônne : Il est vrai que cette réponse chuchotée me relaxe énormément. J'ai envie de dormir quand vous parlez…

Émeline : Je vous ennuie ?

Icônne : Oui… mais ce qui m'ennuie encore plus c'est que vous soyez en train de froisser mes cheveux entre vos doigts.

Émeline : Désolée, je n'ai pas pu m'en empêcher. Ils semblent si secs que je suis sûre de pouvoir en tirer un son intéressant. J'adorerais enregistrer vos cheveux.

Icônne : C'est non. Revenons-en à nos moutons. Vous êtes un peu la reine de l'ASMR en France. Comment expliquez-vous cela ?

Émeline: Je pense qu'avec mon mari Luc, nous avons été précurseurs en la matière, puisque nous avons été les premiers à capter les sons d'un accouchement. De mon accouchement pour être précise.

Icônne: C'est curieux.

Émeline: C'est fabuleux, rime en eux.

Icônne: D'accord.

Émeline: J'ai réussi à crier en chuchotant pour ne pas couvrir les sons en salle de travail. C'était un moment magique, chargé d'émotion.

Icônne: Si je peux me permettre, la vidéo avait beaucoup fait parler d'elle, car à un moment on peut vous y voir planter un coup de scalpel dans la clavicule de Luc. C'était un peu agressif, non ?

Émeline: C'était sous le coup de la douleur des contractions. Il est vrai que j'ai perdu mon sang-froid, mais Luc ne m'en veut pas. C'est un petit bobo qui a vite cicatrisé, plus vite que mon épisiotomie si vous voulez tout savoir.

Icônne: Non, je ne voulais pas savoir.

Émeline: Nous en rigolons souvent aujourd'hui. Enfin surtout moi, car Luc a depuis des douleurs thoraciques qui lui rendent le rire pénible. Quoi qu'il en soit, ce coup de scalpel n'enlève rien à la grâce de cette captation sonore. Au contraire, ça a apporté de la poésie de nous entendre souffrir à deux pendant l'enregistrement. On y entend tout d'ailleurs, de A à Z, avec la meilleure qualité : mes respirations du petit chien, les forceps qui viennent se poser sur le crâne de ma fille, la coupe du cordon ombilical, et Luc qui agonise sous les premiers cris de Décibelle.

J'adorerais enregistrer vos cheveux.

Icônne: Je ne me sens pas très bien...

Émeline: Voulez-vous que je vous chuchote une comptine à l'oreille pour vous apaiser ?

Icônne: Non.

Émeline: Sinon je pense que mon succès est aussi dû au deuxième grand coup que nous avons frappé. Avec le savoir-faire de Luc, qui est ingénieur du son, nous avons pu enregistrer le miracle de la vie au plus proche et produire l'album de notre deuxième enfant alors qu'il n'était qu'un fœtus. Cela fait de lui le plus jeune artiste au monde.

Icônne: C'est-à-dire...

Émeline: Eh bien nous avons capté l'album *Gestation* en Installant un mini-studio d'enregistrement dans mon utérus. Ce dernier, constitué de 17 micros-cravates waterproof, a permis de capter les 9 titres qui composent l'album. Un titre pour chaque mois, vous l'aurez bien compris. Autant vous dire que le premier morceau est surtout constitués de mes bruits de digestion, tandis que les pistes suivantes sont un savant mix entre mes intestins et les battements de cœur de Bruit, mon fils. Le tout en qualité Dolby Surround...

Icônne: ...

Émeline: ... Oh ! ... Hé ho !!

Icônne: ... Pardon, je me suis assoupie. Merci Émeline, c'était super intéressant. Je suis certaine que cette interview va faire beaucoup de bruit ! Ha ha ha !

Émeline: Ha... ha... ha...

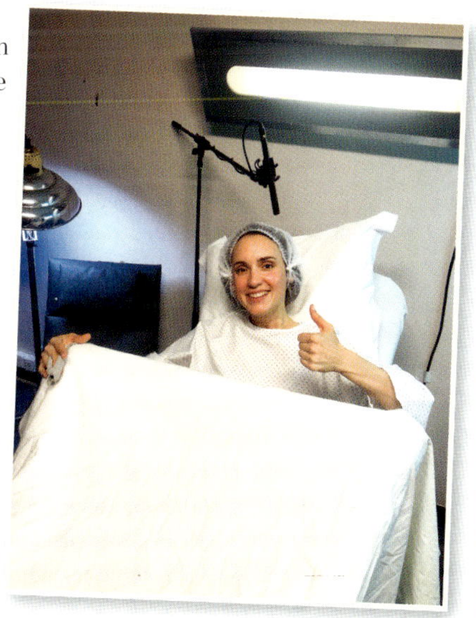

LOUIS VUITHON

Sortez couvertes !

Vous avez l'habitude de protéger votre matériel high-tech avec des coques : téléphone, tablette, ordinateur... il semble donc logique de prendre également soin de votre enveloppe corporelle en vous insérant vous-même dans une **coque à taille humaine !** Habillée de cette seconde peau en silicone, moulée sur mesure, ne craignez plus les mauvaises chutes : **tout l'arrière de votre corps est protégé.** Exit les bleus sur les fesses et les bosses sur le crâne !

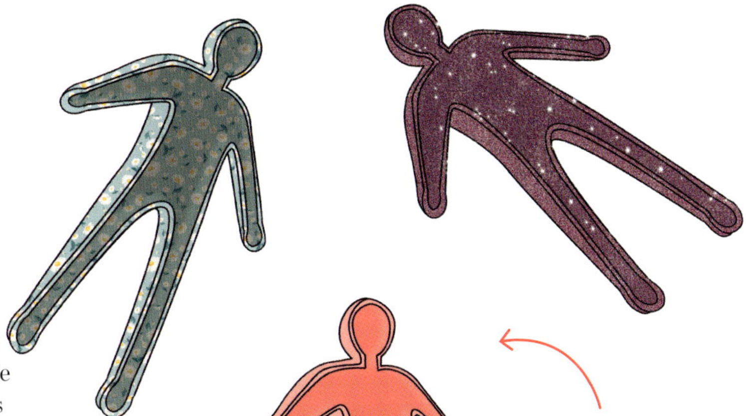

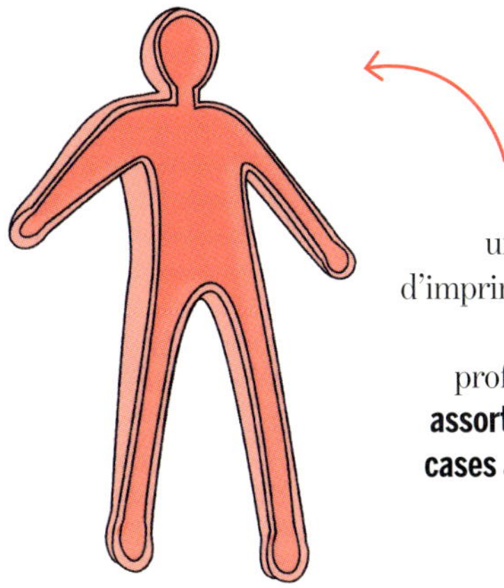

De plus, une multitude d'imprimés s'offrent à vous, alors profitez-en pour **assortir vos human cases à vos tenues !**

Le petit + :
Un maintien du dos bien droit et une protection contre les frotteurs dans le métro ! Trop cool !

VOYAGE EN TERRAIN CONNU :
J'explore mon immeuble !

Les vacances à l'étranger, c'est dépassé ! Pourquoi dépenser inutilement son argent pour un billet d'avion ou une chambre d'hôtel si on peut partir à la découverte de son propre habitat sans débourser un seul euro ? Vous avez l'habitude de ne vous déplacer qu'entre votre logement et la porte d'entrée, pourtant votre immeuble regorge de lieux inexplorés ! Suivez les conseils d'Icônne, pour un dépaysement garanti.

Commencez votre périple comme on entre dans un temple en déposant des offrandes dans les boîtes aux lettres des habitants pour attirer la bonne fortune. Des fruits mûrs et biscuits secs seront de circonstance.

Place à la spéléologie désormais !
Activez le flash de votre téléphone et, à l'aide de cette torche improvisée, partez explorer votre cave. Son humidité et sa fraîcheur rappellent celles des grottes les plus profondes. Observez les traces de moisissure et les champignons qui tapissent les murs et plafonds de ce lieu souterrain. Certaines taches évoquent des dessins paléolithiques. Pensez à prendre des photos de ces vestiges archéologiques pour en faire profiter vos proches lors d'une prochaine soirée diapos.

Continuez votre exploration en remontant à la surface.
Équipée de vos bâtons de randonnée, gravissez les marches de votre cage d'escalier une à une pour monter jusqu'au dernier étage. N'hésitez pas à frapper aux portes des autochtones pour créer l'amorce d'une merveilleuse aventure humaine. Mettez la barrière de la langue de côté, et basez votre communication sur une gestuelle et une posture qui indiquent une venue pacifique. Les épaules dégagées, la tête haute, souriez au maximum et attendez ainsi sur le seuil de la porte de vos voisins après avoir sonné.

Ne soyez pas surprise, la majorité des habitants seront réfractaires à votre visite et n'en comprendront pas le sens. Souvent, des portes seront claquées. Peut-être que votre visite au lever du soleil les aura pris de cours... retentez votre chance jour après jour. Vous aurez sans doute plus de chance d'établir un contact avec les individus retraités de votre immeuble. Laure, notre rédactrice voyage, nous livre le témoignage d'une rencontre extraordinaire : *« Sur 8 étages, seule Françoise a accepté de m'accueillir. Mais cette rencontre en valait mille autres. Cette jeune femme de 87 ans vit entourée d'une faune sauvage abondante, puisqu'elle héberge 16 magnifiques chats. Françoise étant sourde et muette, nous nous sommes contentées d'échanger à travers des gestes et des sourires. J'ai pu observer ses somptueux félins et prendre bon nombre de*

photos, tout en veillant à garder mes distances afin de préserver leur habitat naturel. Quelle joie de marcher pieds nus sur un parterre de litière ! Sentir ces petits cailloux se glisser entre mes orteils m'a permis de reconnecter mes énergies avec la terre. Je suis restée ainsi deux heures à méditer en traçant des sillons à la manière d'un jardin zen japonisant. Quelle claque spirituelle !

Puis Françoise m'a sortie de ma transe en insistant pour me mener au hall d'entrée. La pauvre pensait en fait que j'étais un agent venu relever sa consommation d'électricité.

J'ai alors compris que les grands gestes qu'elle effectuait devant moi depuis mon arrivée n'avaient rien à voir avec une danse chat-manique ayant pour but d'honorer ses félins, mais qu'elle tentait de m'indiquer l'emplacement de son compteur électrique. Néanmoins, je ne garde que le positif de cette rencontre enrichissante, même si aujourd'hui, j'ai une ordonnance judiciaire m'interdisant d'approcher Françoise à moins de 10 mètres. »

Ne soyez pas surprise, la majorité des habitants seront réfractaires à votre visite.

Vous pourrez terminer votre périple en accédant au toit de votre immeuble par la trappe d'évacuation incendie. Pour symboliser votre extraordinaire ascension du jour et la conquête de ce terrain connu, plantez un drapeau brodé de vos initiales à côté de l'antenne relais collective. N'oubliez de prendre un petit selfie que vous pourrez poster sur vos réseaux sociaux avec les mentions #aventure #escapade #travel.

Restez en hauteur jusqu'à la tombée de la nuit pour profiter d'un somptueux coucher de soleil. Fermez les yeux et laissez-vous bercer par l'harmonieux chant des klaxons. Inspirez à pleins poumons l'air de la ville, et profitez de ces quelques instants pour méditer : le plus beau voyage que vous avez fait n'était-il pas celui-là ?

Apaisée et ressourcée, regagnez votre appartement pour y passer la nuit la tête pleine de souvenirs inoubliables !

BRISEZ LES RÈGLES !

Envie de porter du blanc pendant vos menstruations ? Oubliez le stress du petit accident avec ce pantalon à motifs rouges. Même en cas de fuite, vous ne ferez pas tache !

64 € chez Desangual

What's in my ~~bag~~ Jacquemouss?

Mina : J'adore mon Jacquemouss ! Je suis actuellement au régime donc je m'en sers pour ranger de la nourriture que je sors en cas de fringales, vu la contenance du sac, aucun risque d'excès. C'est formidable ! J'y range par exemple un sushi, un demi-œuf dur ou bien encore 3 grains de raisin !

Salomé : Personnellement, je trouve ce sac canon, mais il est trop petit pour y mettre quoi que ce soit. Donc, j'y stocke de l'air. Mon sac à main me permet ainsi de respirer dedans quand j'hyperventile... et j'hyperventile souvent quand je pense au prix que je l'ai payé ! Mais quel chic de faire un malaise dans un sac à 425 € !

Léa : Bon, vu que je finis toujours par perdre ou me faire voler mes affaires en soirée, j'ai décidé de ne rien emporter avec moi quand je sors, donc ce Jacquemouss est mon incontournable du samedi soir. Les copains payent leur tournée de toute façon, donc pas de problème de ce côté-là. En plus je ne suis plus jamais à découvert car ma carte reste à la maison. Et enfin, terminé les selfies bourrée et les textos à ton ex que tu découvres dans ton téléphone le lendemain.
Je n'emporte avec moi qu'un préservatif, car je vous rappelle qu'il faut toujours sortir couvert !

Jeanne : Le chichito, c'est LE sac que j'emporte avec moi à chaque fois que je vais à un concert. En fait, c'est même LES sacs que j'emporte avec moi, car je les mets en boucles d'oreilles pour y ranger mes protections auditives. À chaque oreille sa mini-besace et sa boule Quies : je n'ai plus à fouiller partout dans mon sac à main principal !

Vanessa : Mon Jacquemouss est parfait pour que j'y range tous mes complexes... Oh wait, mais on ne peut rien y mettre ! Ah, oui, je suis bête, c'est parce que je n'en ai pas et que je me sens parfaite telle que je suis ;)

Un parfum de Fripe

Rien n'est plus branché que de dénicher une pièce rare dans une friperie. Le vintage est furieusement tendance et vous le savez bien, seulement vous n'avez pas le temps d'arpenter les boutiques de seconde main et de fouiller les portants à la recherche des belles affaires. Plus besoin de chiner ! Pour retrouver la petite touche friperie qui manque à votre penderie, procurez-vous un flacon de **Friparfum, la fragrance aux notes de renfermé.** Vaporisez-en sur votre dressing pour vous enivrer de cette odeur capiteuse de vêtements mal lavés. Un harmonieux bouquet aux notes de vieux et de sueur fermentée. **On adore !** Vos vêtements ne seront certes pas vintage mais ils en auront l'âme. **On salue cette astuce qui coupera littéralement le souffle à vos amis !**

Nouvel ordinateur Mac Rond

Le premier ordinateur circulaire que tous les sénateurs s'arrachent ! Idéal pour se rendre dans l'hémicycle du Sénat et continuer de tourner en rond lors de débats houleux où personne n'arrive à se mettre d'accord.

Le must have des canidés !!

Cette niche designée par Philippe Bark ravira nos chers compagnons à quatre pattes. Tout l'équipement nécessaire à leur épanouissement est intégré à cette villa miniature archicomplète.

Cuisine équipée d'un frigo américhien rempli de croquettes et de pâtée à volonté, téléviseur à écran pattes diffusant les meilleurs docus animaliers, meubles à mâcher faits à partir de bois précieux et panier à matelas Cavalier King size, chaque détail a été minutieusement pensé. Le tout pour la modique somme de 23 000 €. Le bonheur de votre meilleur ami n'a pas de prix, alors n'hésitez pas ! Il vous remerciera en préférant dormir au pied de votre lit chaque nuit plutôt que dans sa niche de luxe qui vous aura endetté sur 15 ans.

Manifestez

OUI, MAIS LOOKÉE !

Vous voulez défendre vos droits tout en restant stylée ? Voici un look J.LO jaune qui habillera vos revendications pour vous permettre de défiler fièrement sur la voie publique comme un mannequin plein d'assurance sur son catwalk. Love don't cost a thing, ce qui n'est pas le cas du carburant. En Jenny from the block, vous serez parée pour faire bloc face à l'augmentation de son prix ! Alors Let's get loud sur le pavé pour une justice sociale, fiscale et environnementale.

Oh, LA BARBE !

Pour celles et ceux qui veulent jouer avec leur pilosité et qui rêvent d'une barbe bien fournie pour structurer leur visage, voici la petite nouveauté qui vous en mettra plein les bulbes : les extensions de barbe !

Ces dernières viennent se fixer par rangées à l'aide de points de colle à appliquer directement sur les joues. L'effet naturel obtenu est terriblement glam et offre une courbure renversante, pour une barbe magnétique au volume sans précédent !

Kit « La barbe ! » chez Man-quillage , 32 € la boîte

Supreme de volaille

La marque qui vous coûte
les œufs de la tête

UNE PLUIE de style !

Tout droit venu de Bretagne, cet outfit en a gardé plus d'un au sec. La robe-parapluie vous permettra en plus d'avoir les mains libres tout en ajoutant de la couleur et de la bonne humeur malgré le mauvais temps. Point non négligeable, la robe est idéale pour se faire voir de loin des automobilistes, ce qui reste pratique lorsque la visibilité est réduite à cause des intempéries.

Les destinations voyage de demain

Partant du constat que nous continuons de faire de notre planète une décharge à ciel ouvert malgré les alertes sur le dérèglement climatique et les catastrophes qui en découlent, les promoteurs voyage en ont déduit que nous étions en fait de grands fans de pollution et de destruction massive. Les agences touristiques se sont mises à la page et proposent désormais de nouvelles formules all inclusive pour plonger au cœur des catastrophes écologiques de notre époque. Découvrez les destinations hype de demain !

DU CAMPING PAS SAUVAGE

Le nombre d'arbres sur terre a chuté de 46 % en 12 000 ans et c'est chaque année 15,3 milliards d'arbres qui sont coupés. La déforestation est super en vogue, alors foncez en Amazonie, là où le poumon du monde se fait détruire à coups de bulldozer au nom de l'exploitation forestière et surtout agricole, notamment pour nourrir le bétail à travers le monde. En 40 ans, c'est 800 000 km² de forêt qui ont été éradiqués. Du coup, **vous n'avez qu'à planter votre tente sur une parcelle de terre rasée** et profiter de cette nature qui n'a plus rien de sauvage. En bonus, vous ne serez plus embêtée par les 500 espèces de mammifères qui peuplaient cet espace car certaines ont disparu à jamais. Les sifflements des oiseaux seront quant à eux remplacés par le doux chant des tronçonneuses qui raviront tous les fans de metal ! **À quoi bon l'Amazonie puisqu'on a Amazon ?**

FONDEZ DE PLAISIR EN ANTARCTIQUE

Avec le réchauffement climatique, **la fonte des glaces s'accélère chaque année** et provoque une hausse du niveau des océans. Ainsi la fonte des calottes polaires est responsable du tiers de l'élévation du niveau de la mer. Rendez-vous donc en Antarctique pour observer à la jumelle les plus grands glaciers se liquéfier sous vos yeux ébahis. **Fondez de plaisir à l'unisson avec la banquise** et récupérez des morceaux d'iceberg devenus glaçons pour rafraîchir votre gin to ! Finalement, dommage que le réchauffement n'ait pas commencé bien plus tôt, ça vous aurait évité de pleurer à chaudes larmes devant Titanic.

UNE PLONGÉE AUX MILLE ET UNE COULEURS

La Grande Barrière de corail est en voie d'extinction et ça gâche votre initiation à la plongée ? Ne vous en souciez pas, il y a des tonnes de merveilles à découvrir sous les eaux. L'équivalent du contenu d'un camion poubelle rempli de plastique se déverse chaque minute dans les mers.

À quoi bon l'Amazonie puisqu'on a Amazon ?

Alors rendez-vous dans l'océan Pacifique pour profiter du **plus grand vortex de déchets** au monde. Cette magnifique surface de détritus représentant trois fois la superficie de la France s'étend entre les États-Unis et le Japon. Vous n'avez qu'à enfiler votre combinaison et plonger pour profiter d'un univers multicolore dans lequel vous pourrez nager avec les sacs plastique et les bouteilles vides. Les emballages viendront danser autour de vous et vous envelopperont comme les aliments qu'ils contenaient jadis. **Amusez-vous à vous prendre pour une chips ou un saucisson (pas très sec pour le coup).** Vous pourrez également vous nourrir l'esprit, dans tous les sens du terme, en lisant la liste des ingrédients sur des étiquettes alimentaires.
Cette plongée sera sans doute plus intéressante qu'une observation de banals poissons, et ça tombe bien, car au rythme de pollution actuel, **d'ici 2050 il y aura plus de plastiques que de poissons dans les océans.** Trop coule !

Croisons les doigts pour que rien ne change et que nous continuions de détruire notre planète pour profiter de ces merveilleux séjours de rêve !

UN REGARD QUICHE ET CHOC
RALPH LORRAINE
eyewear

Les bienfaits du retour à l'état sauvage !

Libérez la bête qui est en vous au bureau

La civilisation vous met en cage. Laissez la nature s'exprimer et reprendre le dessus. Voici quelques conseils bien-être inspirés du monde animal pour survivre dans la jungle du travail.

LE PARESSEUX

1. **9 h, vous pénétrez dans la fourmilière de l'entreprise.** Afin de commencer votre journée en douceur et sans stress, suspendez-vous quelques heures dans votre espace de travail. Sentez les bienfaits de la position du paresseux : votre rythme cardiaque s'apaise, vous avez un meilleur retour veineux et un joli teint rosé ! En défiant ainsi les lois de la gravité, vous allégez votre journée de travail. Oh ! Il est déjà midi ! Vous remettez votre slip kangourou en place et filez comme une gazelle : **vous avez RDV à la cafétéria !**

LE VER DE TERRE

2. C'est l'heure de pointe à la cafet, et vous n'aimez pas attendre. En ver et contre tous, **allongez-vous au sol et ondulez entre les jambes de vos collègues** pour passer plus vite en caisse. À la manière du lombric et pour une question d'aérodynamisme, gardez les bras le long du corps, gainez-vous, et poussez votre plateau avec votre menton. Une fois attablée, n'oubliez pas de vous faire **une petite retouche make-up**, tous ces efforts vous auront sans doute métamorphosée en ver luisant !

3. L'AUTRUCHE

En revenant de votre pause déjeuner bien méritée, vous vous rendez compte du retard accumulé sur la présentation que vous devez effectuer cet après-midi. Vous marchez sur des œufs… Pas de problème ! Enfouissez votre tête profondément dans votre paperasse. Vous voyez un retard quelque part, vous ? Non ! Vous ne voyez plus rien ! **Le problème est réglé d'un « cou »**.

4. LE CAMÉLÉON

Après être restée un bon bout de temps la tête enfouie, l'heure de votre présentation approche : il vous faut une solution ! Rendez-vous immédiatement à la machine à café. C'est le point névralgique de votre boîte : **c'est ici que les infos circulent !** Exit le camel-toe, aujourd'hui, vous êtes camel-eon. Fondez-vous dans le décor avec une tenue qui assortie à votre environnement et ne bougez plus d'une écaille. **Vous ne faites qu'un avec la machine,** votre ouïe est à l'affût des potins. Bingo ! Vous apprenez que Jeanne, cette dinde qui cocotte le patchouli, a travaillé sur une présentation qui pourrait parfaitement remplacer la vôtre !

LE HAMSTER

5. À la manière du hamster, vous vous faites petite et vous faufilez dans le bureau de Jeanne. Vous fouillez la pièce pour mettre la patte sur le précieux dossier mais ne trouvez rien. Vous tournez en rond comme le rongeur dans sa roue, lorsque vous réalisez qu'un tiroir est fermé à clé. Le rongeur ronge ! **À vous de jouer : toutes dents dehors, grignotez le bois pour en permettre l'ouverture...** 20 minutes plus tard et quelques échardes plantées dans les gencives en bonus, le tiroir est ouvert. Il est vide. Vous vous rendez alors compte que la clé USB contenant la présentation était connectée à l'ordinateur depuis le début... Cachez-la dans votre bouche et **prenez la fuite sans laisser de sciures.**

LE PAON

6. **Catastrophe.** Vous deviez présenter une campagne censée moderniser l'image de la société de pompes funèbres « Vers l'au-delà » mais la présentation de Jeanne porte en fait sur des formules d'enterrement... de vie de jeune fille ! **Il y a eu quiproquo.** L'option Chippendales ne semble pas emballer les clients, même si vous expliquez que cela réchaufferait l'ambiance de n'importe quelle incinération. Tentez de charmer l'audience malgré votre flop à l'aide d'une parade amoureuse ! Faites une belle roue avec les feuilles du paperboard, et à vous de jouer : grattez le sol avec votre pied, faites des révérences, roucoulez... **Votre public est bouche bée devant tant de grâce.** Surtout votre patron.

7. LE LAMA

Jeanne vient interrompre votre réunion en piaillant que vous l'avez volée ! Pour détendre l'atmosphère, vous lui lancez que **« tel un éléphant, elle doit sûrement se tromper ! »**. Cette bécasse ne sourit pas à votre trait d'esprit et continue de vous voler dans les plumes face à une assemblée interloquée. Votre présentation bat de l'aile et vous devez reprendre le contrôle. Buvez une grande gorgée d'eau pendant qu'elle continue de s'égosiller, puis calmez-la rapidement avec **un puissant crachat en plein visage !**

8. LA MANTE RELIGIEUSE

La réunion a été écourtée. Vous avez sans doute fait gagner du temps à tout le monde avec votre efficacité. Dans la foulée, vous êtes convoquée dans le bureau du patron. Après tout le mal que vous vous êtes donné, vous vous attendiez à des félicitations. Que nenni ! **Il vous aboie que vous êtes la honte de cette boîte !** Que les clients sont ressortis en riant comme des baleines… il émet même l'hypothèse que vous êtes une taupe envoyée par la concurrence pour couler l'entreprise !!

Lassée par ses rugissements, vous décidez de lui signifier votre mécontentement en le décapitant et en lui dévorant la tête telle une mante religieuse. **Ça lui apprendra, à cet ours mal léché !**

Finalement, ce bureau n'était pas adapté à votre nature sauvage. La cohabitation avec d'autres espèces vous était insupportable. Vous êtes donc ravie de voir les poulets arriver pour vous mettre au trou ! Bien au chaud dans votre nouvelle tanière, vous allez pouvoir y hiberner quelques années, en toute sérénité.

Mamma mia !

Vous n'avez plus une minute à vous consacrer depuis que vous êtes maman ? Votre budget shopping perso a décampé en poussette tout-terrain pour acheter le nécessaire de votre charmant bambin ? Ne vous inquiétez pas, Icônne est là pour vous relooker avec vos nouveaux moyens du bord !
NB : N'hésitez pas à vous servir abondamment dans les accessoires de votre bébé pour créer un outfit plein d'originalité. N'ayez aucun scrupule, car lui ne se privera pas de faire des gribouillages avec votre maquillage dans quelques années !

La brassière tire-lait camouflage :
Vous avez décidé de ne pas allaiter mais on vous a offert cet objet ? Trouvez-lui enfin une utilité en remplissant les bouteilles avec du Champagne pour en avoir toujours à portée de mains. Avec un tel équipement, personne ne vous empêchera de célébrer votre maternité quand bon vous semble. Et surtout, où que ce soit : au cinéma, au travail ou même à la messe !

Des épaulettes bavoirs :
En plus d'être stylée, vous serez parée contre ceux qui bavent dans votre dos.

Apportez une touche de gaieté avec des jouets/bijoux fantaisie 2 en 1 qui vous permettront de vous faire les dents en les mordant très fort en cas de coup de stress.

Passez en mode avion avec ce téléphone voiture :
Complètement déconnecté, il vous permettra de vous couper pendant quelques heures des messages de toutes ces personnes qui vous harcèlent de conseils pour bien vous occuper de votre enfant.

Une cape en tapis d'éveil, car le simple fait d'être une maman fait de vous une superhéroïne !

Une jupe ultrarembourrée faite à base de couches qui tombe à pic parce que, finalement, entre la poussette, le siège auto, les nouveaux vêtements, l'alimentation, les produits de toilette… financièrement, vous êtes dans la merde.

Une tête couronnée :
Puisque vous êtes une reine lionne qui protège sa progéniture, ornez votre crinière de tétines et de biberons pour survivre dans la jungle de la parentalité. À vous le look Olait Olait !!

Talc to me ! N'oubliez pas de toujours avoir une bouteille de talc sur vous. C'est parfait pour les fesses de bébé, mais c'est surtout un shampooing sec d'urgence idéal ! Talquez, brossez, vous êtes parée pour la journée.

Pour rester chic même en temps de pandémie : les inspirations mode de la rédac !

Pandémode

Haut les masques : fini les visages inexpressifs, le masque de protection avec détail bouche rouge glam viendra habiller votre joli minois. Avec ses motifs interchangeables à l'aide d'un simple scratch, affichez votre humeur en toutes circonstances, que vous soyez bougonne ou souriante, embrassez la vie mais pas les bactéries !

Des pieds à crocser : chaussez-vous d'une paire de souliers audacieux et surplombez la foule afin d'éviter ses miasmes et ses postillons. Dans sa version compensée, la Crocs est la chaussure de pandémie par excellence, elle ne se contente pas d'être hygiénique, facile d'entretien et confortable, elle allonge également votre silhouette. **Attention néanmoins à marcher avec précaution :** se casser une cheville en temps de pandémie n'est pas un bon plan...

La combinaison gagnante : cette ravissante combi intégrale vous enveloppera d'un cocon pour vous protéger des bactéries tout autant que des fashion faux pas. Livrée avec une ceinture équipée de deux pistolets désinfectants, épaulettes distributeurs de lingettes en option.

Pratique et malin : dans une optique zero waste, donnez une seconde vie à vos vieux masques chirurgicaux. Désinfectez-les et cousez-les ensemble pour former un it bag viral ! Après vous avoir si bien protégée, ils protégeront désormais vos effets personnels.

Gantée comme jamais : devenez reine du style et domptez les germes en un tour de main grâce à ces gants à manucure intégrée. Sortez les griffes : cette merveille existe dans divers coloris et longueurs d'ongles !

Chapeau l'artiste : ce couvre-chef vous coiffera avec élégance tout en vous offrant un accès à portée de main aux gels hydroalcooliques qui ornent ses bords. Vous vous en sortirez toujours les mains propres grâce à lui.

Une véritable baguette magique : réveillez la fée du logis qui est en vous et chassez les germes d'un simple coup de baguette à lampe UV germicide. Mettez de la féerie dans la désinfection !

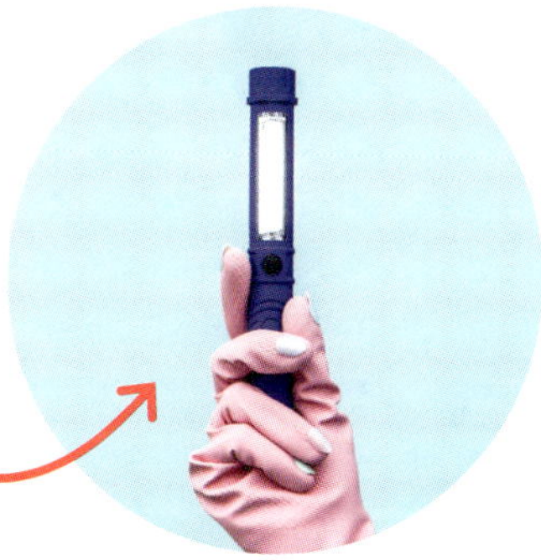

Soyez visionnaire ! Visez le summum du chic avec cette visière agrémentée de perles de culture qui se balanceront au rythme de vos esquives pour éviter tout contact avec la foule. Qui a dit que prudence ne pouvait pas rimer avec élégance ?

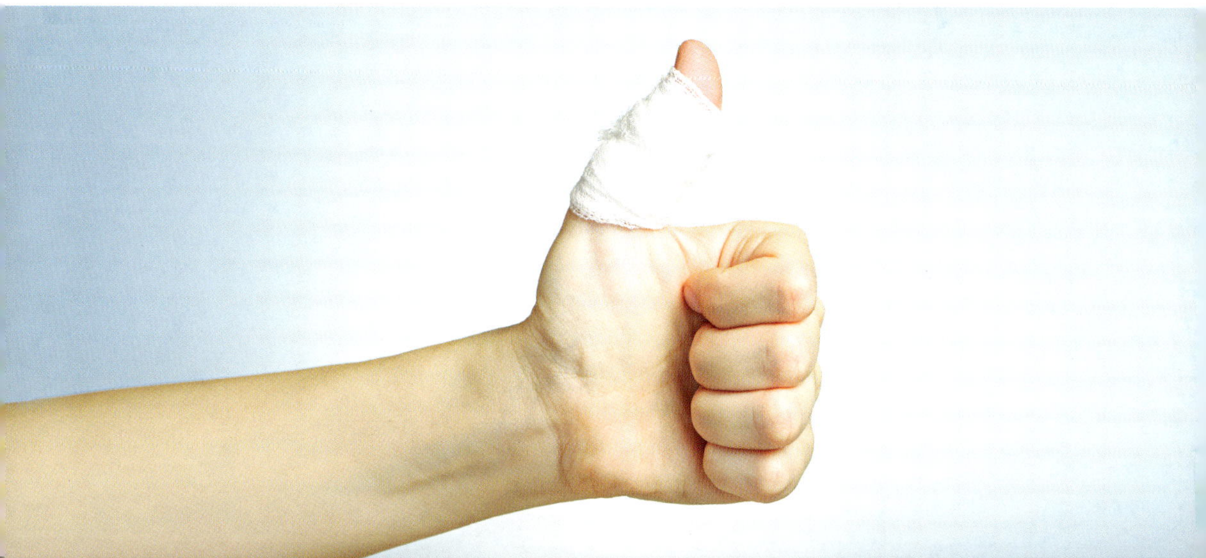

L'excès de swipe peut être dangereux pour la santé.
Consommez les applications avec modération.

DJ SCHNEK : LA DJETTE EN VOGUE !

On félicite cette artiste qui célèbre ce mois-ci le milliard d'écoutes cumulées sur les plateformes de streaming avec son titre phare *Taquine Taquine*.

LE SPORT EXTRÊME DU MOMENT !

On ne présente plus le CrossFit, ce sport qui permet de se muscler et de faire travailler le cardio à travers des mouvements enchaînés à un rythme soutenu : on soulève, on pousse, on tire, on saute… et on répète ces gestes dans la convivialité et la sueur d'une salle de sport. La petite nouveauté est **l'option « MotocrossFit ».** Le concept est simple : en fin de séance, on va s'allonger à même le sol et on place une planche de bois sur son ventre, on gaine alors très fort et **on attend qu'un pilote de motocross vienne nous rouler dessus.** L'efficacité de cette pratique est sans appel : **la taille est affinée en un coup d'accélérateur.** L'intégralité de vos organes étant broyés, votre ventre est aplati dès le premier passage : **à vous la taille de guêpe !** On vous voit déjà sur la plage en train de vous pavaner… en corset plâtré.

Abonnement MotocrossFit, à partir 35 € par mois

Le saviez-vous ?

- C'est pas toujours évident de trouver une place pour **se garer dans Paris**.
- C'est en regardant une personne faire du yoga qu'on a inventé l'expression **« avoir la tête dans le cul »**.
- Les utilisateurs de TikTok prétendant passer **« juste cinq minutes »** sur l'application tombent tous dans une faille spatio-temporelle et reviennent à eux-mêmes après quelques heures de scroll.

Une peau é-purée !

Voici le soin visage en vogue qui donne la patate. La marque Gemey Mamousseline a développé un masque de beauté à base de flocons de pommes de terre qui épluchera toutes vos impuretés afin de faire peau neuve. 2 en 1 ! Ce mélange de pommes de terre écrasées est totalement comestible, donc n'hésitez pas à y incorporer des rondelles de saucisse pour pouvoir déjeuner à la fin de votre soin : vous n'aurez qu'à racler votre visage au-dessus d'une assiette une fois le temps de pose terminé. **Vous serez la plus belle lors de vos soirées avec le gratin parisien !**

Gemey-Mamousseline, 12 €

DU NOUVEAU CÔTÉ RÉGIME : MANGER SAINT !

Ce régime alimentaire basé sur les sucres lents des osties est à retrouver tous les dimanches matin dans l'église de votre ville !

INSOLITE

Vous adorez votre trottinette électrique mais en avez marre des regards de jugement sur la piste cyclable ? Noyez-vous dans la masse en arborant cet ingénieux camouflage qui donnera l'impression aux cyclistes que vous êtes l'un des leurs. Malin !

YAAAAS
QUEEN !!!

Le vintage est toujours tendance, mais pour être à la pointe, il faut pousser le concept plus loin qu'un simple style 80's et remonter les décennies dans les années 1780 pour piocher dans leurs outfits extravagants. Mais attention : au 21e siècle, il ne suffit plus d'enfiler quelques vêtements pour faire de vous une reine : c'est aussi une question d'attitude ! Suivez notre Get the Look pour entrer dans le bal des grandes modeuses.

OH MY QUEEN !

Vous en reprendrez bien une tasse ?

Délectez-vous des larmes des haters qui forcent tellement pour essayer de vous atteindre qu'ils pleurent face à leur propre échec. Votre originalité fait jaser, peu importe, vous faites ce qui vous plaît et c'est ce qui fait de vous une reine !

Faites dans la dentelle !

Vous avez un noble cœur : en récupérant des robes d'époque, vous luttez contre la fast fashion et vous dites oui à la very, very, very slow fashion. Fini les vêtements d'usine portés 4 ou 5 fois et qui finissent à la poubelle, vous préférez acheter des robes vieilles de plusieurs siècles pour les faire vivre encore et encore. Il vous suffit de les repriser un peu et de les réajuster à la retoucherie, et le tour est joué. Le seul bémol, c'est l'odeur d'une friperie de 240 ans qui imprègne vos textiles, mais il suffit de quelques spray d'un des parfums de Queen B pour camoufler tout ça ! Vous êtes flawless !

Les souliers de sa Majesté !

Compliqué de trouver des chaussures du 18e siècle en bon état... Vous pouvez néanmoins peaufiner votre style en le mettant au goût du jour. Gardez en tête qu'à cette époque les rues pavées étaient recouvertes de purin, suite au passage des nombreuses calèches. Alors restez dans le thème en enfilant des chaussures à plateformes, des « écrase-merde » en langage familier ! Le nom n'est certes pas glamour, mais avec un peu d'anglicisme, cela peut se transformer en Pooshoes. De poo à posh, il n'y a qu'un pas !

Piquez un fard !

Vous ne rougissez devant personne, mais les fards à joues sont là pour vous donner un teint de rose digne des plus belles fleurs du jardin de Versailles.

Place au style !

Grâce à votre crinoline, ce jupon bouffant placé en dessous de votre robe, vous en imposez ! Certes vous ajoutez du volume à votre toilette, mais par la même occasion vous instaurez un périmètre de sécurité pour protéger votre personal space. Plus personne ne marchera sur vos plates-bandes. Ouste les gens collants dans le métro, du balai les inconnus qui viennent suer sur vous en boîte de nuit ! Vous êtes la reine du dancefloor et méritez votre propre carré ou plutôt cercle VIP.

Prenez la mouche !

Terriblement sexy, ce grain de beauté factice vient se poser sur votre visage au gré de vos humeurs... Mais il s'avère également terriblement pratique pour camoufler un bouton qui a percé dans la nuit alors que vous faisiez de doux rêves dans votre lit à baldaquin.

Du vent !

Pourquoi ne pas utiliser les tweets haineux que vous pouvez parfois recevoir pour en faire un éventail ? Finalement, les gens qui vous mentionnent pour écrire ces messages brassent de l'air à la perfection, autant s'en servir !

Ça va se corset !

Le corset est à consommer sans modération, il structure votre tenue avec originalité, mais c'est à vous de tirer les ficelles à votre convenance. Plus besoin de serrer comme une dingue pour obtenir une taille de guêpe : tous les tours de taille sont beaux. C'est aux autres d'avoir le souffle coupé face à votre flow, pas à vous !

La bitch face

« Il faut sourire pour être belle », cet adage ne s'applique pas à vous ! Tel Louis XIV, vous êtes un soleil quelle que soit votre attitude, donc vous ne vous pliez pas à cette injonction. Fini les rictus forcés pour faire plaisir aux bouffons qui font des vannes pas drôles. Vous souriez quand VOUS le décidez !

Vous ne manquez pas de toupet

Les perruques sont pour vous une cour royale de jeux ! Vous changez de couleur et de forme en fonction de votre mood. C'est votre façon de vous exprimer mais aussi parfois d'esquiver un brushing trop long à exécuter ou de camoufler une cure de sébum un peu gênante en société. Sur la photo, notre Queen porte la Marie-Antoinette, un modèle à faire tourner, voire tomber, les têtes !

Le défi du mois : LE CANDLE CHALLENGE

L'idée est simple, il faut prendre une bougie, l'allumer et attendre debout son extinction complète avant de pouvoir bouger. Êtes-vous prête à relever ce défi sur plusieurs heures ? Enfin, au moment où vous lirez cet article, cette tendance sera déjà super old puisque les challenges ont une durée de vie de 4 jours. Vous pouvez tout de même le faire histoire de raviver la flamme d'un vieux buzz.

Mais aussi…

La rédac a passé en revue tous les challenges qui ont fait le buzz sur les réseaux sociaux cette année !

LE COTON-TIGE CHALLENGE :

Enroulez-vous à deux dans un tapis en prenant soin de faire dépasser vos têtes de chaque côté. Il ne vous reste plus qu'à crier à l'unisson « JE SUIS UN COTON-TIGE GÉANT !! » et à poster cette brillante vidéo sur Instagram afin de faire la fierté de votre famille.

LE MEUBLE EN KIT CHALLENGE :

Parvenez à monter un meuble sans oublier une seule vis et sans perdre votre calme. Ce challenge compte énormément de participants mais a un taux de réussite extrêmement bas, serez-vous à la hauteur ?

LE GAS BOTTLE FLIP CHALLENGE :

À la manière du bottle flip challenge, qui consiste à jeter une bouteille d'eau en l'air pour lui faire faire un tour complet avant de retomber droite, faites de même avec une bouteille de gaz. N'oubliez pas les hashtags #explosion et #jaifaitsautermabaraque pour buzzer au max. Ce sera sans doute le challenge de votre vie, car il n'y en aura plus d'autre ensuite #mortcertaine.

LE COLIS CHALLENGE :

Guettez l'arrivée du livreur en collant l'oreille à votre porte d'entrée autant de temps que nécessaire, et foncez réceptionner votre colis avant que ce dernier ne glisse un avis de passage sans avoir cherché si vous étiez chez vous ou non. Postez un selfie de vous et du livreur en guise de preuve de la réussite de ce challenge de haut niveau !

LE LIRE UN LIVRE CHALLENGE :

Posez votre téléphone avant d'aller vous coucher et essayez de remplacer les 45 minutes de scrolling sur les réseaux sociaux par la lecture d'un livre. Celui que vous tenez entre vos mains ne compte pas, car il y a beaucoup trop d'images… L'auteure ne s'est vraiment pas foulée !

JACQUES DESSINGE :
Le salon de coiffure qui donne la banane. À partir de 55 €

L'affaire est dans le sac (de luxe)

Vous adorez votre meilleur ami à quatre pattes, mais vous êtes convaincue que ramasser ses déjections ne sera jamais stylish ? **Que nenni !** Avec les sacs à caca Gucchie, vous laisserez la chaussée propre en toute élégance.

Gucchie, 225 € le paquet de 10

C'est la HESS :

Haute École Supérieure du Stalking

Vous vous demandez comment choper plus d'informations sur ce crush qui vous a tapé dans l'œil ? Inscrivez-vous à la formation en ligne « You Stalking to Me ? », et devenez experte dans l'art du stalking.

Analysez tous ses faits et gestes depuis 2010 (date de la création d'Instagram) en regardant ses publications et celles sur lesquelles il a été tagué. Notez ses goûts, ses envies, les endroits où vous avez le plus de chances de le croiser totalement « par hasard ».

Classez les commentaires publiés sous ses 734 photos dans un tableau Excel, afin de déterminer qui sont ses amis, ses ex et sa famille. Cette fille avec qui il a posé en 2018 n'a plus aucun secret pour vous, depuis que vous avez créé un faux compte pour les suivre, elle et tous ses proches ! Cette identité secrète est d'ailleurs bien pratique lorsqu'il s'agit de regarder les stories de votre crush en direct, ainsi que celles de tous ses potes lorsqu'il part en soirée. Vous avez limite l'impression d'être avec eux.

Pour avoir un dossier complet, n'hésitez pas à fouiller son compte Twitter afin de vous assurer que ses convictions politiques et sociales sont en harmonie avec les vôtres. Piratez également son compte Doctolib pour connaître ses antécédents médicaux.

La prudence est toutefois de mise : lorsque vous scrollez sur son feed, ne vous aventurez surtout pas à liker par inadvertance une publication de 2015, ce qui grillerait votre couverture – et toutes vos chances d'être recrutée par la CIA.

« You Stalking to Me ? », formation en ligne de 15 jours auprès de la HESS, 1720 €

Fonctionne aussi pour stalker son ex !

Le ministère de la Santé vous recommande de stalker avec modération.

LES INCROYABLES TALENTS *de nos lecteur.ice.s*

J'ai accès à une grande boîte lumineuse là où j'habite. Fréquemment, je rentre dedans et appuie sur un chiffre. La boîte s'élève alors pour se rendre à l'étage que je viens d'indiquer, je la contrôle du bout du doigt !

Une fois, je suis rentré en connexion avec l'âme d'un arbre. Je l'ai regardé fixement et j'ai aperçu sa bouche qui me parlait en langage feuille. Puis il s'est déraciné pour se promener à mes côtés, nous avons échangé nos points de vue sur les bûches de Noël, il était totalement contre. « C'est comme si nous mangions des gâteaux en forme de bras ou jambes humaines ! » m'a-t-il dit. Évidemment, j'avais pris du LSD ce jour-là.

Je me lève tous les matins à 7 heures, je prépare mes enfants puis je les dépose à l'école. Ensuite je pars travailler. Je gère une multitude de dossiers chaque jour, et je profite de ma pause dej' pour faire des courses pour le dîner. En fin de journée, je fonce récupérer mes enfants, je les aide à faire leurs devoirs, je prépare à manger, je les lave, puis je les couche. Je trouve 5 minutes pour prendre une douche et je vais au lit avec un livre, mais je m'endors au bout d'une page, le nez écrasé contre mon bouquin. Et j'arrive à recommencer les jours qui suivent. **Mon superpouvoir, c'est d'être une maman célibataire !**

J'arrive à faire n'importe quel calcul les doigts dans le nez. J'ai réponse à n'importe quelle question, comme par exemple qui était maire de Beauvais en 1983. Je situe n'importe quelle rue de ma ville et connais les horaires de fermeture de toute les épiceries de France. **Par contre, si je n'ai plus de batterie sur mon téléphone, je perds mon talent.**

Au karaoké, je soulève les foules ! Pour de vrai ! Il suffit que je me mette à chanter pour que les gens se lèvent et sortent de la salle.

SHAMPOOING SEC
Baptise
Pour une chevelure divine

PLUTÔT U2, MYTHO OU METOO ?

Faites-lui faire le test !

DANS VOTRE CHAMBRE, SUR VOTRE MUR VOUS AVEZ...

1. La photo d'un groupe rock originaire de Dublin formé en 1976 avec Bono au chant.
2. Un poster magique qui peut vous téléporter à la destination de votre choix.
3. Des photos de femmes que vous avez photographiées à leur insu à la plage.

LORSQUE VOUS SIFFLEZ DANS LA RUE C'EST...

1. « With or Without You », une de vos chansons préférées.
2. Une façon de communiquer avec les aliens.
3. Sur le passage d'une femme que vous trouvez « bonne ». D'ailleurs elle ne semble pas reconnaissante de l'attention que vous lui portez, alors vous lui lancez un : « Salope ! »

LE PETIT NOM QUE VOUS DONNEZ À VOTRE ANIMAL DE COMPAGNIE ADORÉ ?

1. Vous avez appelé votre chat « Bono » en espérant que ses miaulements soient aussi mélodieux que la voix du chanteur.
2. Votre animal de compagnie est la mer Méditerranée. Vous êtes le seul être humain à pouvoir communiquer avec elle. En fait vous n'êtes pas un humain, vous êtes le

dieu des fonds marins. Vous avez donc surnommé la mer méditerranée « Bonne Eau ».

3. À force de crier « Bobonne ! Oh ! » pour réclamer une bière à votre femme lorsque vous êtes confortablement Installé dans votre canapé, vous avez fini par la rebaptiser « Bonnoh ».

QUE PENSEZ-VOUS DE TWITTER ?

1. C'est une formidable plate-forme de communication qui vous permet de suivre toute l'actualité du groupe de rock irlandais dont vous êtes fan, ainsi que tous les comptes qui lui sont dédiés.

2. Vous trouvez que c'est un superbe réseau social puisque c'est vous qui l'avez créé.

3. C'est un danger. Vous n'êtes plus libre d'être misogyne. À tout moment, vos agissements sexistes peuvent éclater au grand jour. C'était mieux avant.

VOUS AIMERIEZ ÊTRE UN PRODUCTEUR RENOMMÉ DE... ?

1. Musique, pour avoir éventuellement la chance de côtoyer votre groupe préféré, dont le nom de scène est constitué de la lettre U et du chiffre 2.

2. Vous-même. Étant donné que vous êtes un être absolument parfait, vous aimeriez vous produire en quantité illimitée pour repeupler ce monde, qui deviendra alors à son tour parfait.

3. De films, afin d'abuser de votre pouvoir et d'exercer des pressions psychologiques sur de jeunes actrices en leur promettant le premier rôle en échange de rapports sexuels, ou l'anéantissement de leur carrière en cas de refus.

QUEL EST VOTRE DESSERT PRÉFÉRÉ ?

1. Le Bloody Sunday, la glace au coulis de fruits rouges.

2. Vous ne vous nourrissez pas en ingurgitant les aliments par la bouche mais en les touchant. Votre dessert préféré est la soie.

3. Une bonne tarte parce que c'est tout ce que vous méritez.

UN MAXIMUM DE RÉPONSES 1 :

Vous êtes un fan incontestable de U2. Vous avez sans doute un tatouage de Bono portant ses lunettes de soleil sur votre épaule. Malheureusement, les jeunes ne connaissant pas le chanteur sont persuadés qu'il s'agit de DJ Snake.

UN MAXIMUM DE RÉPONSES 2 :

À la suite d'une piqûre de mite, vous êtes devenu Mythoman, un superhéros dont le pouvoir est de vivre dans les penderies et de grignoter les vêtements de mauvais goût pour sauver les humains des fashion faux pas. Merci Mythoman !

UN MAXIMUM DE RÉPONSES 3 :

Vous êtes un odieux connard. Nous compatissons avec votre maman qui regrette de vous avoir mis au monde.

L'astuce ZEN

Le coloriage pour adultes est un véritable phénomène depuis plusieurs années, et ses bienfaits sur l'humeur sont scientifiquement prouvés.
Vous avez 45 minutes de queue au guichet des retraits de colis ? Les éditions Michel Lefeutre vous offrent une double page de coloriage spécial La Poste, afin de transformer cette épreuve en moment d'apaisement. Détendez-vous au fil des couleurs qui s'échappent de vos crayons et feutres pour remplir ce dessin.
Vous en redemandez ? Le livre de coloriage « Traintrain Quotidien » vous permettra de mettre de joyeuses couleurs sur votre vie de tous les jours. Ouvrez la page PV et repeignez les contraventions aux couleurs de l'arc en ciel, décorez comme vous le souhaitez ce train bloqué en pleine voie en remplissant les mandalas qui ornent ses wagons, et si vous vous disputez avec votre conjoint, ouvrez le cahier et posez-le sur son visage. **Vous voici tous deux apaisés.**

Traintrain quotidien,
25 € chez votre marchand de journaux

FRAGILE

BIG PA & OLDIE

Big Pa et Oldie enchaînent les tubes et les cathéters ! Après le succès de l'album *La Vraie Vie des seniors*, ce duo de frères rappeurs venus tout droit de Toulouse collectionne les récompenses avec son troisième album : *La Vie en trêve*. Aujourd'hui les deux chanteurs octogénaires « Big Pa » Patrick et « Oldie » Octave Orthonez viennent nous parler de leur succès !

Comment vous êtes-vous mis au rap ?

Oldie : On travaille dur depuis nos 20 ans. Nous n'avons jamais baissé les bras, même si la sauce ne prenait pas. Au départ, nous étions plutôt axés chanson française du style « musette », mais après 60 ans de galère nous nous sommes dit qu'il fallait peut-être nous renouveler, étant donné qu'on n'avait jamais réussi à intéresser personne…

Big Pa : C'est un soir de Noël, il y a environ 8 ans, qu'on a remarqué qu'un de nos neveux regardait des clips de rap sur sa tablette – pour ceux qui ne connaissent pas, c'est comme un téléphone portable mais en plus gros. C'est fichtrement pratique ! On a découvert YouTube par la même occasion. Et là, ça a été la révélation !

Oldie : On s'est rendu compte qu'il y avait une occasion d'être les premiers à rapper la vie des seniors !

À votre avis, qu'est-ce qui a crée cet engouement ?

Big Pa : Dans *La Vraie Vie des seniors*, on aborde des sujets qu'aucun chanteur ne traite sérieusement : les maux de dos, la Sécurité sociale qui rembourse mal les prothèses dentaires, les déambulateurs qui rouillent trop vite dans les régions pluvieuses, la libido en berne… On en parle de manière moderne et décomplexée. Du coup, les « vieux » se reconnaissent dans nos textes sans se sentir ringards.

Oldie : Et on a pu ajouter notre patte au rap en y incorporant les instruments qu'on utilisait lorsqu'on faisait de la musette : Patrick joue de l'accordéon et moi de la guitare, comme ça les seniors retrouvent des sonorités familières, même en écoutant un genre musical qui leur est étranger.

Big Pa : On fait littéralement du « rap à l'ancienne ».

En quoi être une personne âgée est un avantage dans le rap game ?

Oldie : On est connus pour être les rappeurs au flow le plus posé de France. On rappe vraiment très lentement, ça calme tout le monde quand on arrive sur scène. Littéralement.

On peut revenir sur votre « clash » avec Enrico Macias ?

Oldie : C'est pas vraiment un clash mais Enrico nous a refusé un « feat ». C'est-à-dire une collaboration musicale pour ceux qui ne connaissent pas.

Big Pa : On est très fans, alors ça nous a un peu déçus sur le coup. Mais depuis qu'on a été invités à Vivement Dimanche ensemble, on a eu l'occasion de faire connaissance. Le courant est tellement bien passé qu'on prépare une version rappée des *Filles de mon pays*.

On imagine la vie des rappeurs très clichée : strip clubs, drogue et alcool… Comment ça se passe pour vous ?

Big Pa : Nous c'est plutôt club de bridge et antidouleurs… Par contre, nous ne sommes pas contre une petite liqueur de prune de temps en temps.

Pouvez-vous nous décrire le public qui vous suit ?

Oldie : On est principalement suivis par des seniors et des retraités qui nous ont découverts sur France Musique, mais grâce à nos clips postés sur YouTube on arrive aussi à toucher les ados. Du coup, on a de jeunes fans qui se teignent les cheveux en gris et portent de fausses lunettes pour nous ressembler.

Big Pa : Oui, c'est fou, il y en a même qui demandent à leurs parents de les envoyer en colonie en Ehpad pour imiter notre mode de vie !

Ça fait quoi de bosser entre frères ?

Big Pa: C'est un plaisir de travailler en famille ! On est comme une canne de marche l'un pour l'autre : on se soutient mutuellement.

Pouvez-vous nous parler de « Vision Verres », votre marque de vêtements et d'accessoires ? Pour commencer, pourquoi ce nom ?

Oldie : Quand on était plus jeunes, on avait toujours un coup d'avance sur notre temps, alors nos potes nous appelaient les « visionnaires ». Aujourd'hui, on est un peu plus lents, mais on garde un demi-coup d'avance. Par contre, comme on doit porter des verres de correction pour y voir clair, on a décidé d'adapter notre ancien pseudo avec le mood d'aujourd'hui, d'où « Vision Verres ».

Comment vous est venue l'idée de créer cette marque ?

Oldie : On en avait marre de ne plus se retrouver dans les styles proposés dans les boutiques dites « pour seniors ».

Aucune marque n'apporte de touche street à des vêtements faciles à enfiler et adaptés à nos morphologies, du coup, on a dit fuck aux demandes de partenariat de Damarre, Phildard et Isotonerre en investissant nous-mêmes le marché du textile.

Big Pa : On a commencé en créant des pop-up stores dans les maisons de retraite. Vu le succès, on a fini par ouvrir des boutiques permanentes à proximité des pharmacies les plus fréquentées des grandes villes françaises. Comme ça, le senior qui va acheter ses médicaments peut faire d'une pierre deux coups, et repartir par la même occasion avec son sweat ou son jogging en crochet.

Oui, les survêtements en crochet font partie de vos best-sellers avec les baskets charentaises ! Quelles nouveautés nous réserve la prochaine collection ?

Big Pa : Avec nos équipes, on développe aussi une gamme de grillz, les bijoux de dents en or sur mesure. Ce qui est nouveau c'est qu'avec notre clientèle, les acheteurs n'auront pas besoin de se déplacer : par un simple service de coursier, le client confie son dentier et le récupère sous 48 heures avec le grillz de son choix.

Oldie : On a hâte de crier : « On veut voir toutes les dents en l'air » à nos concerts !

Merci de nous avoir ouvert vos cœurs ! On espère vite venir vous voir sur scène.

Oldie : On a l'habitude d'ouvrir nos cœurs, depuis qu'on s'est fait poser des pacemakers, ha ha ha !

Big Pa : Merci à vous, ne tardez pas trop à acheter des places...

Statistiques

2 %

des gens qui se sont tatoué un dauphin qui saute au-dessus d'un cœur tribal ne le regrettent pas.

89 %

des gens qui terminent vos phrases par « poil au... » en faisant rimer avec le dernier mot prononcé sont mal dans leur peau et évacuent un profond mal-être au travers d'un humour désuet qui est en fait un appel au secours.

0 %

est la quantité de matière grasse contenue dans ce livre.

Insolite : la trumpette

L'instrument du moment ! Soufflez-lui dans le derrière et il en sortira un florilège de mélodies misogynes.

ACCROCHEZ-VOUS, CETTE INFO POURRAIT VOUS FAIRE TOMBER À LA RENVERSE :
LES RÈGLES NE SONT PAS BLEUES !

SCOOP !! RÉVÉLATION !!

Vu le tabou du sujet, personne ne s'était concerté à la rédaction. Nous pensions toutes avoir un problème avec la couleur rouge de ce sang qui pointe mensuellement son nez. Nous nous devions de vous faire part de cette révélation afin de faire circuler l'information au plus grand nombre ! Voici le témoignage de Karima, 36 ans, notre journaliste fooding par qui le secret a été levé !

Je me rappelle très bien… et en même temps, comment oublier ? J'étais en train de tester de nouveaux cannelés ultralight pour le prochain numéro lorsque j'ai scotché sur la tache rouge qu'Estelle, notre journaliste mode, avait sur son jean blanc.

Je me suis dit : « Oh là là, elle qui est si intransigeante quant à la perfection de son look, il faut que je lui dise qu'elle a une tache au niveau des fesses. » Dans un premier temps j'ai pensé qu'elle avait dû se salir avec de la sauce à la pause déj. J'ai foncé vers elle avec mon détachant – j'en ai toujours un dans mon tiroir vu les risques de mon métier – pour la prévenir. Lorsqu'elle a réalisé la présence de la tache, un silence magistral s'est installé devant la machine à café. Les secondes m'ont paru des minutes, je ne comprenais pas encore ce qui se passait…

Le silence a été rompu par le bruit de la touillette tombant dans le gobelet de soupe à la tomate d'Estelle, son écho assourdissant a résonné dans toute la cafétéria. Inquiète, elle m'a alors glissé à l'oreille : « Ce n'était pas prévu pour aujourd'hui, mais je crois que j'ai mes règles… Ça va te paraître fou, mais **cette tache rouge, c'est mes menstrues ! »**

Le temps s'est alors suspendu au fil de mon tampon… Oui, à ce moment-là, j'étais également réglée. J'ai soudainement pris conscience que je n'étais pas la seule à avoir des règles rouges !!!

La couleur des règles est bel et bien ROUGE.

« C'EST INCROYABLE !!! » Mon cri de joie est sorti spontanément, parcourant l'open space qui a tressailli de surprise à l'unisson. Il venait du plus profond de mes ovaires. Estelle, qui ne comprenait pas, était terriblement confuse et gênée. Je lui ai alors posé une main rassurante sur l'épaule et lui ai dit à haute voix : « Moi aussi, mes règles sont rouges, Estelle, moi aussi. » Toutes nos collègues s'étaient rapprochées de nous en parlant à voix basse.
J'entends encore les chuchotements résonner dans ma tête « Comment est-ce possible ? » « Des règles rouges ? » « Mais moi aussi ! » « Toi aussi ? Nan, c'est fou ! » Les langues se déliaient petit à petit.

La conclusion était la même : la couleur des règles est bel et bien ROUGE.
Une quinzaine de minutes plus tard, nous étions toutes en salle de réunion à visionner les publicités pour protections hygiéniques avec lesquelles nous avions grandi. Nous avions beau les analyser en détail : pas une goutte de sang rouge pour les démonstrations d'efficacité des produits. Le liquide utilisé était toujours bleu… C'est ce qui nous avait induites en erreur !
Au fil de cette réunion de crise, nous nous sommes rendu compte non seulement que nous pouvions en parler naturellement et sans « rougir », mais qu'en plus, elles n'avaient rien de sale. Nous nous délestions toutes d'un poids énorme.

Alors chez Icônne, même si vous aurez du mal à nous croire, nous pouvons jurer sur notre honneur et sur nos slips que les règles sont rouges comme les coquelicots qui dansent dans les champs, comme le ketchup qui coule sur des frites, comme la robe de l'emoji danseuse de flamenco… Vous n'avez rien d'anormal si votre sang n'est pas bleu. **Et sentez-vous libre d'en parler sans tabou, ce sujet menstrueux n'a rien de monstrueux !!**

MELI-MÉLO de lourdeaux

Jeu !

Complétez ces phrases de drague minable !

- Baisse ta culotte...
- Ton père travaille chez Nintendo ?
- Si un grain de sable voulait dire je t'aime...
- Ton père est un voleur, il a volé...
- Normalement j'ai le pied marin...
- Pardon, mais t'es super collante comme meuf...
- Excuse-moi, comment on fait pour s'abonner à toi ?
- Tu ferais pas de la boxe ?
- Vous auriez un paratonerre ?
- J'voudrais devenir ton Kevin...
- Tes parents seraient pas des biscottes ?
- Tu serais pas une faute d'orthographe ?
- Tu me donnes envie d'être une ordure...
- Dis-moi, t'es du coin ?

- Parce que t'es super craquante !
- ... toutes les étoiles du ciel pour les mettre dans tes yeux.
- Parce que t'es la pou belle fille que j'ai jamais vue.
- ... tu m'as complètement scotché.
- J'ai peur d'avoir un coup de foudre pour vous !
- J'ai envie de consommer local et écoresponsable.
- ... pour mettre des paillettes dans ta vie.
- ... c'est moi qui pilote.
- Parce que j'ai envie de te corriger.
- J'ai envie de t'effeuiller tous les mois.
- ... mais ta démarche chaloupée me donne le mal de mer.
- Parce que t'as un corps de DS.
- ... je t'offrirais le Sahara.
- Parce que j'ai un coup de cœur là, j'suis KO.

OFFERT DANS CE NUMÉRO :

Un téléphone détox !

Découpez-le, dessinez votre propre fond d'écran et jetez votre portable actuel. Plus d'appels, plus de messages, plus de réseaux sociaux… Votre esprit est libéré grâce à Icônne !

SBAROSKI

CARBON

Office Day on Ice :

Quand la banque devient banquise !

Vous connaissez sans doute **Holiday on Ice, le spectacle de patinage artistique le plus renommé au monde.** Découvrez Office Day on Ice, l'incroyable comédie musicale sur glace qui raconte l'histoire d'amour entre Stéphane et Patricia, deux employés qui travaillent aux guichets de deux banques rivales. Un suspens à glacer le sang ! Ces deux comptables pourront-ils compter l'un sur l'autre malgré leur rivalité ? Cette histoire ne manquant pas de re-virements bancaires, vous frissonnerez de plaisir devant un ballet de tableaux triple Excel et de pourcentages artistiques ! Foncez ! **En tournée exceptionnelle dans toutes les patinoires municipales de France.**

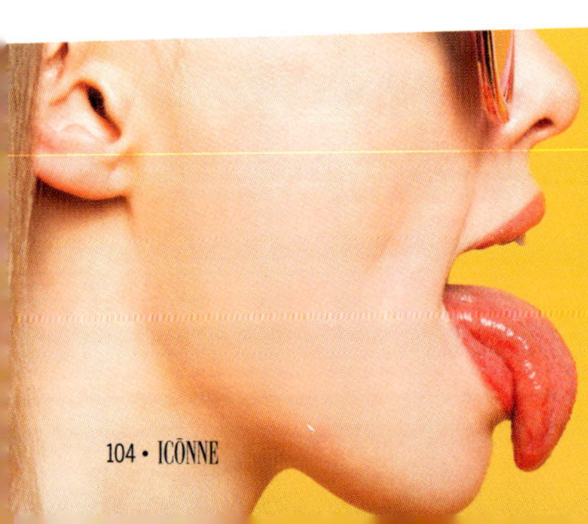

L'OFFRE DU MOIS : GALERIES LA FAYOTTE

Brosser l'enseigne dans le sens du poil en postant une photo avec une légende qui vante tous les mérites des galeries et remportez une séance de lèche-~~cul~~ vitrines tous frais payés.

AU BON GOÛT DE FRUITS
ET DE LAXATIFS
Pas Bonne Maman
FALLAIT PAS LA FAIRE CHIER
Pas Bonne Maman
Figues molles

TOUS AU RÉGYM !

La règle « manger bouger » n'a jamais été aussi simple à appliquer, grâce à ce vélo d'appartement et son plateau repas intégré !
Régibike, 287 €

Le taï chiasse

La touche zen qui fait du bien !

Plongez au cœur des égouts de Paris pour une séance revigorante de taï chiasse. Reconnectez-vous avec vos sens et votre corps dans ce véritable havre de pets. Après avoir enfilé votre combinaison de protection cocooning et vos cuissardes en caoutchouc écoresponsable, plongez dans une atmosphère à couper le souffle. Littéralement.

L'ambiance tamisée de ce lieu souterrain vous permettra d'exercer votre gymnastique énergétique totalement coupée du tumulte urbain. Vos problèmes vous passeront au-dessus de la tête, dans tous les sens du terme. Tout en effectuant des mouvements lents et continus de taï chi, tentez de tendre doucement votre visage vers les touches de brise marine diffusées par les sprays désodorisants : en étant constamment à deux doigts de rendre votre petit déjeuner, vous développerez un contrôle de vous-même hors du commun.

Vous étiez à bout de nerfs ? Vous voilà devenue amazone chevauchant les difficultés de la vie en galopant au-dessus d'un monticule de selles.

Taï chiasse, dans les égouts de Paris, 110 € la séance.

La phrase du jour : comme le dit si bien notre maître de taï chiasse préféré, *Attrapez le soleil, et essuyez-vous avec.*

L'HOROSCOPE des influenceurs

Cancer

Humeur : À l'Instar de votre signe, vous êtes une énorme pince. Vous empochez des billets de 5 K pour vos diverses opé et ne proposez que des réductions de 5 % sur votre propre marque de produits dérivés.
Amour : Vos restos romantiques et vos escapades à deux ne vous coûtent jamais rien car, vous négociez toujours des stories en amont.
Argent : Le drop shipping vous a réussi, mais vous avez fini par vous faire pincer par des abonnés qui ont retrouvé vos produits sur AliExpress pour un quart du prix.
Conseil : Pensez à sponsoriser votre mariage ou la naissance de votre enfant de A à Z pour vous remettre de ce scandale ! Les gens seront attendris par vos posts d'amour… Tant qu'ils ne découvrent pas que vous l'avez épousé.e par intérêt, tout va bien.

Lion

Humeur : Si les meet-ups ne répondent qu'à la loi de la jungle, vous en êtes la reine. Avec plus de 30 selfies à la minute avec vos fans, vous renvoyez toutes vos concurrentes dans leurs terriers. Et celles qui ne vous craignent pas encore vous craindront bientôt, car vous êtes prête à tout pour rester la n° 1. Même à acheter des abonnés à vos rivales pour les décrédibiliser.
Amour : Fauve, vous avez l'impression de tourner en rond dans une cage dans toutes vos relations. Vous préférez être prédatrice et chasser sans cesse de nouvelles proies pour rugir de plaisir.
Argent : Vous avez les crocs et ça paye ! Votre chevelure de rêve a fait de vous la nouvelle égérie de Zooccitane, la première marque de shampooing qui dompte toutes les crinières !
Conseil : Ne sortez pas toujours les griffes et apprenez à faire patte de velours, vous risqueriez autrement de passer de lionne à chacal.

Vierge

Humeur : Ce n'était pas du tout prévu, mais à cause d'une fausse manip, vous avez partagé en story une sextape à vos 250 K abonnés. Elle n'est restée que 30 secondes en ligne, mais le buzz était lancé. On va pas se mentir, les premiers jours c'était l'angoisse, mais vous vous êtes relevée avec dignité.
Argent : Vous avez décidé de rebondir sur cet incident en lançant NudeVault, une app qui sécurise vos contenus intimes en les rendant visionnables une seule fois et en empêchant leur destinataire de faire une capture d'écran pour la conserver.
Amour : Vous profitez de votre propre application pour pimenter votre vie de couple et ça, sans payer d'abonnement !
Conseil : En fait, c'est plutôt moi qui en aurait besoin d'un… J'ai perdu mes codes d'accès, comment je fais ?

Bélier

Humeur : Le natif du Bélier est fonceur. Plutôt que d'attendre que les marques viennent à vous, c'est vous qui venez aux marques en les assommant de DM.

Amour : En amour comme au travail, vous enfoncez toutes les portes sans réfléchir. Vous avez téléchargé toutes les app de rencontre et swipez frénétiquement à droite sur chaque profil !

Argent : Votre corne n'est pas d'abondance, à vouloir travailler avec trop de marques vous perdez en crédibilité auprès de ces dernières. Sans mauvais jeu de mots, vous vous sabotez tout seul.

Conseil : ne vous obstinez pas aveuglément, vous risquez de vous cogner de partout ! Et faites-vous des fiches avec une description de la personne à chaque rencard, sinon vous allez encore vous tromper dans les prénoms !

Taureau

Humeur : Vous avez foncé, mais contrairement au Bélier, vous avez percé ! La it-girl du fitness, c'est vous ! Le rouge de YouTube a excité votre envie de partager vos programmes de remise en forme. Vous voici entrée dans l'arène des likes et des coms. Gare à celui qui osera cliquer sur un pouce rouge.

Amour : Grâce à vos nombreuses séances de cardiotraining, votre cœur est à toute épreuve. Votre dernière rupture a failli vous mettre KO, mais après un coaching de vos BFF, vous êtes remontée sur le ring, et avez envoyé valser votre ex dans les cordes.

Argent : Tout roule grâce à votre application aux téléchargements payants. Vous vous faites une croupe en or !

Conseil : Pensez à bien vous hydrater et vous protéiner pour tenir la distance. Le marathon de l'influence est encore long et semé d'embûches.

Gémeaux

Humeur : Les sœurs All Saines, la chaîne écolo que vous animez avec votre jumelle avait un succès phénoménal… jusqu'au drame. Marie-Charlotte a osé faire une story sur un gel douche bourré de silicone et de parabènes sans vous prévenir. Passez-lui un savon et profitez-en pour vous lancer en solo. De toute façon, vos abonnés avaient l'impression de voir double.

Amour : C'est pas parce que vous êtes Gémeaux qu'il faut avoir une double vie. Le moment est peut-être venu de tout avouer à votre mari, vous ne croyez pas ?

Argent : Doublez la mise en allant vider les comptes en banque de votre sœur. Pour cela, rien de plus simple : faites-vous passer pour elle au guichet. Elle vous doit bien ça.

Conseil : Prenez un bon avocat.

Poissons

Humeur : Pour partir à la pêche aux likes, vous avez investi dans le poisson. Votre chaîne de cuisine dédiée aux produits de la mer a fait l'effet d'un raz de marée dans le YouTube game. Repérée par un network tentaculaire, vous signez rapidement, et vous retrouvez plongée dans le grand bain.
Amour : Tel un saumon sauvage, n'hésitez pas à nager à contre-courant et à suivre votre instinct. Vous êtes capable de faire tomber n'importe qui dans vos filets. Attention toutefois à la pêche intensive, qui pourrait vous ramener des spécimens indésirables, tels le concombre de mer et autres mollusques insipides.
Argent : Mille millions de mille sabords ! Vous découvrez que votre agence vous prend 70 % de vos revenus. Ne vous laissez pas faire par ces requins. Si vous avez mordu à l'hameçon, rien ne vous empêche de leur souffler dans les branchies !
Conseil : Sautez en dehors de votre bocal doré et partez à l'assaut de votre agence en piratant leur réseau. Vous pouvez désormais réécrire votre contrat comme vous l'entendez ! C'est maintenant eux qui vous doivent 70 % de tous leurs bénéfices.

Scorpion

Humeur : Pas de bol, un de vos abonnés s'est empoisonné avec les compléments alimentaires de votre propre marque, votre distributeur s'est planté et a envoyé un des invendus d'il y a deux ans. Il va falloir gérer la crise « dard-dard ».
Amour : Être sur les nerfs n'est pas une raison pour lancer des piques à votre partenaire. Essayez de ne pas rendre cette relation toxique, il pourrait prendre la mouche et papillonner vers d'autres horizons.
Argent : Vous aimeriez redorer votre blason en réalisant une collab avec une marque éthique mais vous ne trouvez personne qui accepte de vous répondre… autant chercher un aiguillon dans une botte de foin.
Conseil : Une cure détox vous ferait le plus grand bien… enfin, si vous vous abstenez d'utiliser votre propre cure de gélules.

Capricorne

Humeur : À l'image de la dualité de votre signe mi-bouc, mi-poisson, vous êtes mi-vie de rêve, mi-mytho. En quelques filtres Instagram, une plage de Dunkerque se pare des couleurs de Hawaï, d'un coup de baguette facetune, votre gueule de bois se métamorphose en teint radieux et vos pâtes carbo surgelées se transforment en pasta al dente faites maison. Y a pas à dire, vous êtes douée.
Amour : Cette fois, c'est la vie qui vous a bernée. Votre prince si charmant est désormais sans filtre. Il ne ferme plus la porte des W-C, porte le même caleçon quatre jours de suite, et en est à la deuxième année consécutive d'oubli de votre anniversaire. Sans doute est-il Capricorne, lui aussi.
Argent : Gare au bad buzz qui pourrait engloutir votre carrière à jamais, comme cette fois où on vous a vu faire du jet-ski après avoir passé cinq stories à ramasser des sacs en plastique sur la plage.
Conseil : Trouvez l'équilibre entre représentation et réalité, n'oubliez pas de vivre votre propre vie.

Verseau

Humeur : Il y a 8 ans, vous étiez dans le top 10 des influenceurs français, mais de l'eau a coulé sous les ponts depuis la création de votre compte Insta. L'algorithme du réseau a changé, et vos posts ne remontent plus dans le feed de vos abonnés. Pire, seuls les bots commentent vos photos. Quel flop !

Amour : Vous l'aimez toujours, mais vous préférez la popularité. Organisez un live Insta de rupture où vous annoncerez à votre cher et tendre que vous le quittez. Sa réaction à chaud, suivie d'un jeu concours pour gagner votre alliance, vous permettront de naviguer droit vers le buzz. N'oubliez pas de zoomer sur ses larmes pour ajouter un peu plus de drama. On ne parlera peut-être pas en bien de vous, mais au moins on parlera de vous.

Argent : Vous êtes au cœur de l'actu, et toutes les émissions de téléréalité vous veulent pour faire le show ! Participez à un maximum, et vous décrocherez moult contrats d'égérie de kits de blanchiment dentaire et de thés amincissants. Une pluie de K pour une future Kim K !

Conseil : Partez vivre à Dubai, histoire de défiscaliser vos nouveaux gains !

Sagittaire

Humeur : Vous êtes une flèche aux jeux de tir et avez d'ailleurs décidé d'en faire votre métier contre l'avis de vos parents. Vous avez grimpé les échelons à la force de vos pouces et êtes désormais dans le top 10 mondial des meilleurs joueurs de Fortnite.

Amour : Si Cupidon dégaine son arc d'amour sans soucis, ce n'est pas votre cas et vous ratez systématiquement votre cible. Ne perdez pas courage !

Argent : Avant même de passer le bac, votre carrière de e-gamer vous a rendu millionnaire grâce à vos multiples sponsors, et tout ça sans cheat code !

Conseil : Ouvrez de temps en temps les volets de votre salon pour faire le plein de vitamine D.

Balance

Humeur : Oups, vos abonnés vous ont dénoncé. Fini le temps où vous profitiez de leur candeur. #BalanceTonInfluenceur

Tendance :

Crier pour se faire entendre

Vous avez l'impression de ne jamais être écoutée ? Que tout ce que vous dites est ignoré ? La solution est toute trouvée : HURLEEEEZ !!

OH !!
J'AI DIT « BONJOUR », ENFOIRÉ !

Vous avez pris perpète et vous vous sentez un peu trop à l'étroit entre les murs de votre cellule ? Pas de problème, faites appel à Prisonbreak.com, l'agence de voyages qui vous permettra de faire un « break » pendant votre incarcération.

L'agence propose des formules clés de menottes en main. Toute votre évasion sera prise en charge, avec un service all inclusive irréprochable qui vous permettra de sortir enfin la tête du trou.

Transport depuis la cour de votre prison en hélicoptère : appréciez cette escapade aérienne et admirez la vue en vous laissant bercer par le doux chant des sirènes. Profitez d'un accueil chaleureux et reposant en surfcouching chez l'habitant pour établir votre planque.

Aux oubliettes, les douches communes ! Bénéficiez d'un instant d'intimité sans craindre la savonnette qui tombe.

Consoles de jeu et abonnement Netflic à disposition dans l'espace lounge : incroyable, vous n'avez plus besoin de vous battre pour regarder *Joséphine Ange Gardien de la Paix*.

Livraison de nourriture à domicile : libérez vos papilles et régalez-vous de pizzas, sushis et tacos à volonté !

Avec l'option « esprit libre », profitez d'une remise en mains propres des papiers de votre nouvelle identité.

Dans le cas où vous vous feriez arrêter à la sortie de votre planque, **Prisonbreak.com ne vous abandonne pas au fond du trou !** Le site fera jouer ses contacts pour vous obtenir une réduction de peine allant jusqu'à 10 % par codétenu parrainé.

Dans la prochaine édition, nous testerons l'évasion fiscale. Quelle destination choisir, entre la Suisse, le Belize, les Fidji, Oman, ou encore les îles Vierges américaines pour faire fructifier votre capital ? Icônne vous fournira une étude de marché complète !

Recette gourmande : le crumble au croûton

« On panse à vous », l'émission culinaire des petits gourmands ! Une recette de nos chefs Muriel Miel et Pierre Salive qui laissera vos papilles confuses de plaisir.

INGRÉDIENTS :

- **sel**
- **farine**
- **cassis**
- **noisette**
- **mûre**
- **framboise**
- **4 œufs**

• Battez vos œufs avec 50 grammes de neige artificielle récupérée sur un sapin en plastique.

• Une fois vos œufs montés, immobilisez-les avec une prise de karaté (pratiquez les premiers gestes de secours à la préparation si vous n'y êtes pas allée de main morte).

• Utilisez un mixeur pour accompagner musicalement votre recette. Épluchez quelques notes saisies au gré du DJ set : des sol et des fa feront l'affaire. Faites revenir à feu doux.

• Ouvrez une fenêtre et refermez-la soigneusement.

• Ajoutez votre grain de sel à la préparation en lui racontant un potin pas piqué des hannetons sur les problèmes d'érection de votre ex.

• Louez une voiture afin d'aérer votre pâte sur un circuit automobile. Faites des tours durant 25 minutes à 210 km/h pour rendre votre mélange lisse et onctueux.

• Attendez quelques jours en extérieur que le temps se gâte afin de récupérer 13 centilitres d'eau de pluie dans une éprouvette. Patientez le bras tendu le temps qu'il faudra.

• Ne prêtez pas attention aux gens qui vous jugent, car seule une pipette peut vous jauger.

• Une fois le liquide récupéré, buvez-le, vous le méritez bien.

• Ne laissez personne le faire à votre place, roulez-vous vous-même dans la farine durant 5 bonnes minutes.

• Réservez le crumble obtenu.

• Prenez votre grain de cassis et n'en gardez que le C.

• Prenez votre framboise et n'en gardez que le R et le O.

• Prenez votre mûre et n'en gardez que le Û.

• Prenez votre noisette et n'en gardez que le T, le O et le N.

• Vous obtenez ainsi le croûton, que vous pourrez ajouter au crumble.

• Faites revenir votre préparation dans le bain de Marie.

• Prenez quelques jours de RTT et laissez reposer.

• Beurrez un moule au fond concave et incorporez-y la pâte à l'aide d'une prothèse de hanche.

• Faites cuire 45 heures au four à 3 °C.

• Profitez du temps de cuisson pour effectuer la position de yoga « Poirier en lotus jambes croisées ». Blessez-vous en effectuant un faux mouvement.

Votre crumble au croûton est prêt à être digéré, bon appétit ! Et n'oubliez pas qu'on panse à vous !

Boomers EN BOMBE

Nombreux dans nos rues et sur les plateaux TV, les boomers sont en vogue. À votre tour, devenez un ringard qui pense que tout était « mieux avant » ! Notez ces quelques phrases et n'hésitez pas à les ressortir à la moindre occasion :

Aya Nakaruma... Aya Namukara... Oh, Aya quelque chose, tu sais, là !

C'est sûr qu'elle accuse ce pauvre homme pour toucher de l'argent.

Tu vas vraiment sortir comme ça ?... Faut pas s'étonner après !

Il faut dissocier l'homme de l'artiste.

Comment ça, vous voulez pas d'enfant ? Ça va venir !

Un homme qui se maquille ! On aura tout vu !

Réchauffement climatique... quelle blague ! Mes bégonias ont bien gelé cet hiver !

Tik Tok ? Encore un truc de dégénérés... ça devrait s'appeler « Toc Toc » ha ha ha !

Le rap ça veut rien dire franchement ! « YO YO !! »

(Pensez à faire des signes de doigts en les agitant devant votre audience.)

TERRE
D'HERPÈS

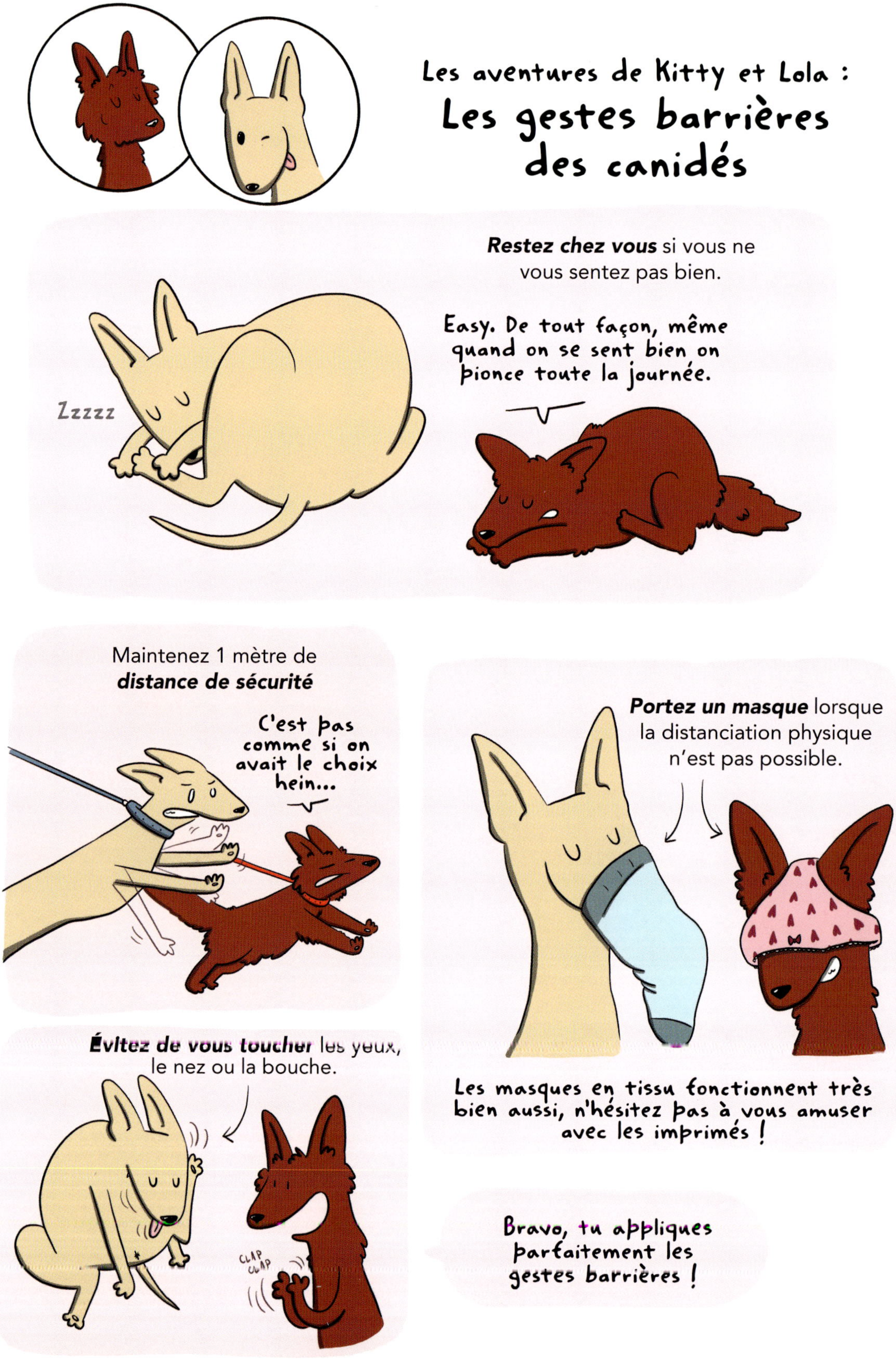

Les aventures de Kitty et Lola :
Les gestes barrières des canidés
Restez chez vous si vous ne vous sentez pas bien.
Zzzzz
Easy. De tout façon, même quand on se sent bien on pionce toute la journée.
Maintenez 1 mètre de **distance de sécurité**
C'est pas comme si on avait le choix hein...
Portez un masque lorsque la distanciation physique n'est pas possible.
Les masques en tissu fonctionnent très bien aussi, n'hésitez pas à vous amuser avec les imprimés !
Évitez de vous toucher les yeux, le nez ou la bouche.
CLAP CLAP
Bravo, tu appliques parfaitement les gestes barrières !

Lavez-vous fréquemment les mains. Utilisez du savon et de l'eau, ou une solution hydroalcoolique.

Si vous avez de la fièvre, que vous toussez, ou que vous avez des difficultés à respirer, ***faites caca au milieu du salon.***

Toussez et éternuez en vous couvrant le nez et la bouche dans le pli du coude ou dans un mouchoir.

Au prochain numéro : Les techniques canines pour reconstruire le monde après l'effondrement

LIBÉREZ VOS CHAKRADES

Chakrade coronal : Affranchissez-vous des diktats du shampooing et abandonnez-vous à l'étreinte huilée d'une cure de sébum, qui laissera tomber paisiblement sur vos épaules des flocons de neige dignes de l'Himalaya.

Chakrade troisième œil : Votre orgelet vous veut du bien, laissez-le jaillir, il vous ouvrira les yeux sur un nouveau monde.

Chakrade gorge : Tout ce que vous ne dites pas reste accumulé en vous. Évacuez-le en crachant à tout-va. N'oubliez pas de le faire dans le respect des gestes barrières.

Chakrade cœur : Enveloppez votre cœur d'une couche confortable de cholestérol. Les fast-foods sont vos nouveaux temples de sérénité. Dînez-y avec vos encens parfumés qui rendront l'expérience inoubliable pour vous et pour les autres clients.

Chakrade plexus solaire : Le chakrade de la respiration. Votre mot d'ordre : Namastabac. Laissez la fumée de cigarette vous apporter chaleur et douceur. Le goudron nourrira la membrane vibratoire de vos poumons.

Chakrade sacré : Situé en bas des reins, c'est ce chakrade qui en a plein le dos de supporter la charge physique et mentale du ménage. Préservez votre colonne vertébrale en vous en abandonnant totalement le nettoyage. Voyez chaque couche de crasse supplémentaire vous rapprocher du Nirvana.

Chakrade racine : Votre mantra : Inspirer… Flatuler. Recommencer.

Jeu concours

Icônne voit grand : jouez et gagnez la tour Eiffel ! Toute une vie de rentes touristiques vous attend ! Pour gagner, rien de plus simple, répondez aux deux questions ci-dessous :

- **En quelle année a été construite la tour Eiffel ?**
- **Quel est nom de famille de Gustave Eiffel ?**

Afin de valider votre participation au jeu-concours, plongez-vous dans le noir, allumez une bougie et invoquez l'âme de Gustave Eiffel à l'aide d'une planche de ouija. Une fois que ce dernier aura répondu à votre appel, prenez le RER C jusqu'à la station Champs de Mars-Tour Eiffel (économisez le coût d'un ticket, car Gustave étant invisible, les contrôleurs ne le verront pas). Montez les marches de la tour jusqu'au dernier étage et demandez à Gustave de faire le WAP challenge avec vous, et n'oubliez surtout pas d'apporter une preuve vidéo de votre succès. S'il accepte, félicitations, c'est gagné ! Renvoyez-le dans l'espace-temps au travers de l'antenne radio de la tour, et reprenez le RER C pour rentrer chez vous.

Mentionnez #Iconnebynatoo pour recevoir votre lot !

La lit-thothérapie

Retrouvez calme et sérénité en vous emmitouflant dans 120 kg de cocooning avec cette couette en améthyste véritable, ou remettez littéralement du piquant dans votre libido avec l'oreiller en grenat rouge. Sentez les fréquences vibratoires froides et tranchantes des cristaux sur votre peau, et profitez d'un drainage lymphatique de votre aura.

Parure de lit holistique, Tempierre, 37 499,99 €.
Lavage à froid, au Karsher

L'accessoire qui parle à votre place
Après le sac à sapin, le sac à humain : glissez-vous dedans en cas de pépin !
MiniMe Paris, prix sur demande

Se consomme aussi glacée l'été, pour une pause fromagère rafraîchissante.

Boire ou manger, pourquoi choisir ?

L'hiver arrive, et la saison de la raclette aussi. Cette année, pourquoi vous ennuyer à vous procurer un appareil coûteux et encombrant ? Et qui a encore le temps de s'embêter avec la corvée du décollage de fromage brûlé dans les poêlons ? Retrouvez le réconfort odorant et calorique d'une bonne raclette au fond de votre sac à mains. Pratique et délicieuse, la raclette en bouteille **Raclean.** est prête en seulement 3 minutes au micro-ondes !

12€, en grandes surfaces -
Existe également en parfum choucroute garnie

SOURIEZ À LA VIE !!

Un petit coup de mou, pas le moral ? Vous vous devez d'être heureux.se et de ne jamais montrer que vous n'allez pas bien ! La vie, c'est un peu comme sur Instagram, finalement !

Les instituts « HappyTox » vous proposent des injonctions… euh, pardon, des injections à forte dose de Botox dans les muscles des joues afin de les maintenir contractés durant plusieurs mois : il vous est désormais physiquement impossible de ne pas sourire. En une seule séance, vous êtes paré.e à faire face à n'importe quelle mauvaise nouvelle avec bonne humeur… Vous sourirez à la vie, que vous soyez en plein carjacking ou à un enterrement 8

Injections « Joues Ah ! » chez HappyTox 170 € la séance.

Une histoire d'amour VIRALE !

Il y a de l'amour et quelques germes dans l'air. Ce mois-ci, nous avons rencontré Jessie, qui est venue nous raconter les débuts de son histoire hors du commun !

Tout a commencé pendant le confinement. J'étais célibataire, et je m'ennuyais fermement dans mon studio. Après avoir vidé tous mes placards et classé mes boîtes de conserves par ordre alphabétique, je ne savais plus comment occuper mes journées. Je me suis donc décidée à me mettre à la cuisine maison, et surtout bio ! J'ai alors profité de mon autorisation de sortie quotidienne pour faire mes courses à la supérette du coin.

Et là, au rayon légumes, on s'est rentrés dedans. J'ai fait tomber ma botte d'asperges, lui, son filet de courgettes, et c'est au moment de les ramasser que nos regards se sont croisés. Il portait un masque fabriqué à partir d'une chaussette, et moi aussi. Nous avons ri ! C'était un coup de foudre authentique et sans conservateurs.

> **C'est un vrai bonheur de ne plus avoir à subir l'haleine du matin de son partenaire.**

Chaque jour, à la même heure, nous nous retrouvions dans un nouveau rayon pour le visiter ensemble. Un coup, nous nous enivrions au rayon des lessives écoresponsables, un autre, nous batifolions parmi les huiles enrichies en Oméga 3. Je lui préparais un tupperware de raviolis aux perles de tapioca et lui m'apportait de la bière au chanvre. Mais ce n'est que le jour où il m'a tendu sa carte de fidélité du magasin que j'ai compris qu'il voulait du sérieux. Dès que nous nous quittions, nous nous appelions pour commenter les allocutions présidentielles ou les épisodes de Top Chef.

La première fois que je suis venue chez lui, il m'a ouvert la porte en portant le masque. J'allais retirer le mien, mais je me suis ravisée. Ce mystère qui planait entre nous m'a électrisée, jamais je n'avais ressenti une telle attirance pour qui que ce soit. Je lui ai immédiatement proposé un sensuel massage au gel hydroalcoolique.

Les mois se sont rapidement enchaînés, **et nous avons emménagé ensemble, tout en conservant le masque !** Ce détail mis à part, nous sommes un couple comme les autres. Évidemment, nous nous embrassons, mais nous appelons ça des « tissous », et non des bisous, car nous conservons nos masques en tissu. Moi qui ai la peau très sensible, ça m'arrange ! Sans compter que c'est un vrai bonheur de ne plus avoir à subir l'haleine du matin de son partenaire.

Notre entourage s'est montré très compréhensif. Seuls mes parents ont été surpris quand je leur ai présenté Marvin et que je leur ai demandé de rajouter un petit masque en papier sur chacune des photos qu'ils ont de moi.

Après tout, n'est-il pas beau d'aimer aveuglément ? Nous parlons avec les yeux, nous dînons dans le noir, et nous ne savons toujours à quoi ressemble l'autre… Tout ça pour préserver la magie de notre rencontre. Et surtout, histoire de ne pas être déçu si jamais l'autre est laid.

Afin de garder le mystère, et car nous serons bientôt trois, nous avons d'ailleurs opté pour que notre enfant à venir soit équipé d'un masque dès sa naissance. Ainsi, il pourra s'identifier immédiatement à nous, et les gens n'auront pas à se forcer à nous dire qu'il est mignon s'il ne l'est pas. **Vivons heureux, vivons masqués !**

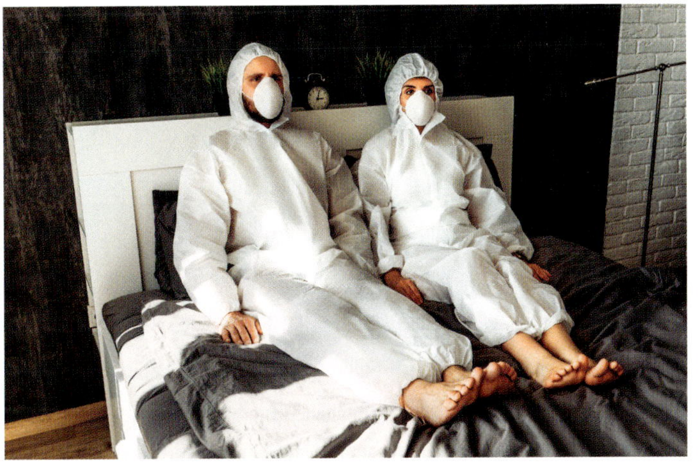

Dans le prochain numéro, partez à la découverte de Myriam et Dimitri, qui se sont rencontrés en repeignant l'appartement d'un ami commun, et qui n'ont jamais quitté leur combinaison protectrice depuis. Quel beau tableau en perspective !

MAKING ÔF

Charles en action

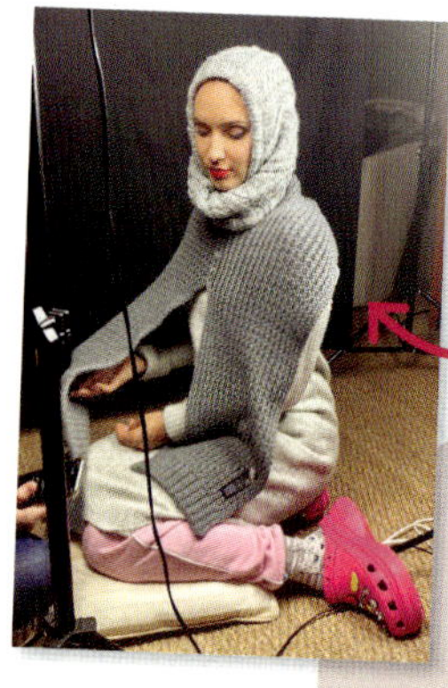

Nouvelle saison automne/hiver de Guerlaine

Le geste de mains que votre crush fera en vous voyant si vous me laissez vous coiffer

Une ventilation aérodynamique effectuée à l'aide d'une boîte à pizza, pour une chevelure dans le vent

En plein jardinage sur mes balconnets

Le secret de Chloé pour une photo réussie : shooter dans son pyj' et ses tongs chaussettes

Mélo coud mon cou

Retrouvez-nous dans notre pièce de théâtre « Amour et vermifuge » avec Kyan et Laura

Quand les journées de shooting sont trop intenses 😴

Les Destiny's Child made in Bretagne

Juliette peu rassurée par le système de haute technologie que j'ai appliqué sur son visage... À tout moment, ça part en plancha ! ⚡

Mise en beauté vs mise en herpès

Remerciements

Pour commencer, **un énorme merci à tous ceux qui ont acheté le 1er tome d'Icônne.** Je ne vous cache pas que j'étais loin d'imaginer le succès qu'allait avoir ce livre ! Encore aujourd'hui, on me l'évoque souvent, et je suis heureuse de voir qu'il a parlé à toutes les générations !

Vous avez fait de ce livre (écrit à 75 % en pyjama) **un best-seller** ! Non, mais quelle folie ! Je me rappelle d'un moment magique à un événement réunissant les auteurs français ayant vendu le plus de livres en 2015 : la fantastique Amélie Nothomb m'y a serré la main en me disant qu'elle avait adoré mon livre… Le meilleur compliment !

Du coup, **5 ans plus tard, c'est avec un immense plaisir que je reviens parodier la presse féminine** avec des conseils beauté absurdes, des fausses pubs, des idées déco pas toujours de bon goût, mais aussi avec des articles qui parlent de sujets de société plus sérieux, toujours en y apportant une pointe d'humour.

Vous noterez que mon rythme éditorial est quinquennal. C'est totalement fait exprès, j'ai besoin d'une marge présidentielle pour écrire ces livres icônniques. Rendez-vous dans 5 ans !

Et comme on ne change pas une équipe qui gagne, j'ai sorti mon vieux grimoire pour invoquer la réunification des trois sœurs Halliwell, et voilà que Guillaume Talavera et Claude Combacau sont apparus dans un halo de paillettes ! Mon éditeur et ma graphiste de talent étaient de retour ! J'ai bien fait de vous faire boire un shot de potion d'oubliette pour zapper à quel point on allait douiller : comme pour le premier, **la montagne de taf fut colossale,** mais on a escaladé tout ça, dans la sueur certes, mais aussi avec de nombreux éclats de rires !

Merci Guillaume de m'avoir accompagnée sur ce projet une nouvelle fois, **je repense à nos 478 heures de réunion Skype** avec tendresse. Tu mérites amplement ton titre de « Roi de l'édition » : **tu nous as eu le château de Versailles** pour shooter, bordel !

Claude, il suffit de feuilleter le livre pour voir à quel point tu es douée. J'ai pas les mots. Ce livre a tellement de la gueule ! On aurait dû mettre un portrait de toi à toutes les pages pour te rendre hommage !… En fait, **on aurait juste dû publier un album photo de toi et l'appeler Iclôde.**

Merci aux bombes Chloé Bonnard et son assistante Louise Nerrembourg qui ont shooté la couverture et les fausses pubs de luxe. C'est un bonheur de bosser à nouveau avec toi Chloé, **c'est la famille j'ai envie de dire**. Et c'est pour ça que tu te sens à l'aise au point de **shooter en grenouillère pilou pilou** imprimée Minnie, et que moi je me sens libre de me balader devant toi torse nu avec des **cache-tétons imprimés Smiley** (pour Balmains).

Un immense merci au talentueux Charles Baldassarra, qui m'a accompagnée pour shooter une bonne trentaine de photos chez nos guests à travers tout Paris. C'était sport ! **Au bout d'un moment, notre agenda ne voulait plus rien dire :** « Lundi shoot Gaëlle kebab, mardi Juliette masque électrique, jeudi Audrey en carton… » Je reste ébahie par ton efficacité à prendre des photos sublimes en 3 minutes d'installation et 5 minutes de shoot… Je mets une demie-heure à faire 40 selfies, et ils sont tous ratés. Une petite dédicace pour toi : **Mi Pan zuzuzu zuzuzu**…

Je me rappelle de la galère que ça avait été de m'occuper du stylisme sur le premier Icônne.
Le budget étant serré, j'ai dû m'en occuper seule, et je me suis retrouvée à courir à droite à gauche pour acheter des tenues, tout en prenant soin de ne pas arracher les étiquettes pour les rendre le lendemain (tu connais tsé). Cette fois, **ma sauveuse, mon être de lumière, ma BFF** a intégré l'équipe. Ma Mélody Collange, je ne le répéterais jamais assez, mais j'ai énormément de chance d'avoir une amie styliste qui déchire tout dans son métier. Ça nous permet de bosser et de nous amuser sur tant de projets variés ensemble ! Une fois de plus, tu as su parfaitement habiller chacune de mes idées. **Je te promets de me servir des gants Sbaroski que tu as mis 5 heures à fabriquer…**

Merci à la team de choc de mise en beauté : Marjolaine Vialle, Sainte Marie Juanna et Gauthier Joseph ! **Des litres de fond de teint ont coulé sur mon visage**, des palettes de fard se sont creusées, moult perruques se sont posées sur mon crâne recouvert d'un collant, me donnant l'allure, ni plus ni moins, d'un gland… Et tout ça pour un rendu exceptionnel ! Je me suis tellement amusée avec vous, à chaque fois que je découvrais ma tête dans le miroir, **je me sentais un peu plus proche de la chanson « Toutes les femmes de ta vie » des L5**… J'ai vu 150 déclinaisons possibles de mon faciès grâce à vous ! Vous êtes trop forts, bravo ! (Gauthier, tu reviens défiler en Miss France quand tu veux à la maison.)

Merci à Axelle, notre accessoiriste, qui a bossé sur des éléments qui font toute la diff' : **les chaussures en carton, le casque en strass pour Sbaroski, le sac à main en masques, le masque électrisant…** Bravo pour ton savoir-faire qui a rendu certains articles encore plus drôles !

Merci aux illustratrices Sophie Lambda, Clémence Gouy, Alice Chevalier, Nina Illa Dubocs, Alice Mazel et même Claude Combacau (décidément, elle ne manque pas de talent), qui ont apporté **de la fraîcheur, de la fantaisie et des couleurs** à travers leurs dessins et leurs différents styles. Les illus sont tout aussi importantes que les photos dans ce faux magazine, donc je suis très fière d'avoir vos créations dans mes pages.

Merci au château de Versailles **pour ce moment privilégié et inoubliable au Petit Trianon.** Merci également au restaurant libanais À Beyrouth **pour leur accueil tout aussi royal**. Merci aussi à l'atelier de couture MiniMe Paris, qui nous a fait profiter de son cadre psychédélique pour prendre Audrey en photo.

Et enfin, **merci à tous mes merveilleux guests de vous être prêtés au jeu !** C'est une fois de plus un plaisir d'avoir vos visages dans ce projet. Pour la plupart, ce sont des copains qui posent pour la deuxième fois, mais il y a aussi plein de petits nouveaux qui m'ont fait l'honneur d'accepter. Ça me remplit de joie d'avoir des icônnes comme vous dans mon livre !

CRÉDITS

Direction éditoriale
Guillaume Talavera

Direction artistique
Claude Combacau

Photos
Chloé Bonnard (@chloebonnardphoto) : couverture, 4e de couverture, pp. 1, 10, 25, 31, 34-35, 41, 48-49, 53, 56, 76-77, 80-83, 89, 103, 105, 115
Charles Baldassarra (@charlesbalda) : pp. 9 (masque électrisant), 15, 21, 28, 39, 42, 45, 51 (dwerk), 58-59, 63, 64, 69, 70-73, 78-79, 106, 121, 123
Lisa Miquet (@lisamiquet) : p. 37
Boby (@odieuxboby) : p. 94
Thibault Odiot (@thibault_odiot) : p. 120 (sac à humain)

Assistante photo
Louise Nerrembourg (@lou_nbrg) : couverture, 4e de couverture, pp. 1, 10, 25, 31, 34-35, 41, 48-49, 53, 56, 76-77, 80-83, 89, 103, 105, 115

Assistant plateau
Enzo Bernaert : couverture, pp. 1, 25, 34-35, 95

Maquillage
Gauthier Joseph (@gauthierjo) : couverture, 4e de couverture, pp. 1, 10, 25, 31, 34-35, 41, 48-49, 53, 56, 76-77, 80-83, 95, 103, 105, 115

Coiffure
Marjolaine Vialle (@marjolainevialle.makeuphair) : couverture, pp. 1, 10, 25, 34-35, 80-83, 95
Sainte Marie Juanna (@santamarijuanna) : 4e de couverture, pp. 1, 31, 41, 48-49, 53, 56, 76-77, 89, 103, 105, 115

Stylisme
Mélody Collange (@melococo) : couverture, 4e de couverture, pp. 1, 10, 25, 31, 34-35, 41, 48-49, 53, 56, 76-77, 80-83, 89, 103, 105, 115

Décors
Le Petit Trianon - Château de Versailles (@chateauversailles)
Restaurant À Beyrouth (@a_beyrouth)
Éditions Michel Lafon (@editionsmichellafon)
MiniMe Paris (@minimeparis)

Accessoires
Accessoirement vôtre (@accessoirementvotre)
Crocs, Pretty Little Things : pp. 1, 48-49

Illustrations
Alice Chevalier (@alice__chevalier) : pp. 11-12, 16, 22-23, 40, 70-73, 96
Claude Combacau (@catsasss) : pp. 52, 116-117, 118
Nina Illa Dubocs (@sio_nevada) : pp. 50, 66-68
Clémence Gouy (@clemence_gouy) : pp. 26-27, 32, 36, 43, 47, 74-75, 79 (manger sain), 88, 90, 92-93
Guillaume Griffoni (@ggriffoni) : p. 113 (logo « On Panse à Vous »)
Sophie Lambda (@sophielambda) : pp. 7, 12, 29, 44, 57, 78, 104
Alice Mazel (@mzl_art) : pp. 108-111

Guests (par ordre d'apparition)
Miche (@la.bonne.miche) p. 6
Eleonore Costes (@eleonorecostes) p. 6
Juliette Katz (@coucoulesgirls) p. 9
Cyprien Iov (@6pri1) p. 9
Gaelle Garcia Diaz (@gaellegd) p. 15
Shera (@shera) p. 18
Laury Thilleman (@laurythilleman) p. 20
Vanessa Guide (@vanessaguide) p. 21
Lena Mahfouf (@lenamahfouf) p. 28
Kemar (@lekemar) p. 35
Swann Pérrissé (@swannperisse) p. 37
Jérôme Niel (@jeromeniel) p. 39
Audrey Pirault (@audrey.pirault) p. 42
Emy Ltr (@emy_ltr) p. 58
Jenny Letellier (@jennyletellier) p. 63
McFly & Carlito (@levraimcfly - @rafcarlito) p. 64
Juliette Tresanini (@juliettetresanini) p. 65
Marjorie Le Noan (@marjorielenoan) p. 65
Laureen (@lapotegenante) p. 69
Léopold Lemarchand (@leopoldlemarchand) pp. 70-73
Jeremy Dethelot (@jeremdmonkey) pp. 70-73
Justine Le Pottier (@justine_lepottier) pp. 70-73
Bilal Hassani (@iambilalhassani) pp. 81-83
Lila Lacombe (@lilalacombe) p. 84
Poulpe (@monsieurpoulpe) p. 84
Julien Pestel (@julienpestel) p. 84
Kevin Tran (@superkevintran) p. 84
Luciole (@the_luciole) p. 84
Pauline Clément (@unepaulineclement) p. 84
Squeezie (@xsqueezie) p. 84
Mister V (@Yvick) p. 84
Freddy Gladieux (@freddygladieux) p. 84
Clara Lesage (@claralesage) p. 84
Lazy Kat (@iamlazykat) p. 84
Bertrand Usclat (@bertrand_usclat) p. 84
Dorothée Pousseo (@dorothee.pousseo) p. 84
Jhon Rachid (@jhonrachid) p. 85
Le Grand JD (@legrandjd) p. 85
Sarah Gelin (@sarahgelin) p. 85
Vanessa Brias (@vanessa_brias) p. 85
Pierre Lapin (@pierrelapin) p. 85
Sébastien Frit (@seblafrite) p. 85
Akim Omiri (@akimomiri) p. 85
Marie Papillon (@marie_papillon_) p. 85
Fadily Camara (@fadilycamara) p. 85
Hakim Jemili (@hakimjemili) p. 85
Marie Marquet (@minimeparis) p. 85
Julien Josselin (@julienjossel1) p. 88
Valentin Jean (@valentin_jean) p. 88
Silent Jill (@silentjill) p. 88
Aude GG (@audegg) p. 88
Maxenss (@maxence) p. 88
Waxx (@waxx) p. 89
Bigflo & Oli (@bigflo_real - @oli_real - @bigfloetoli) p. 94
Ursula (@ursulol) p. 105
Florent Bernard (@fl0rentbernard) p. 106
Lola Dubini (@loladubini) p. 112
Vincent Tirel p. 113
Ludovik (@ludovik) p. 121
Laura Felpin (@laura_felpin) p. 123
Kyan Khojandi (@kyankhojandi) p. 123

Shutterstock
P. 8 : © Olena Viktorova, © Kaspars Grinvalds, © blackzheep ; p. 10 : © stockphoto-graf ; p. 13 : © Ollyy ; p. 14 © Nik Merkulov, © Subbotina Anna ; p. 17 : © MITstudio, © Svetlana Sankova ; p. 24 : © Benislav, © Prasan Maksaen, © Alessandro de Leo, © Federicoedels, © charnsitr, © Marc Bruxelle, © Vladimir Wrangel, © Khamidulin Sergey, © Only background, © FXQuadro, © Roman Samborskyi, © AJR_photo ; p. 29 : © Olga Mazina, © OLJ Studio ; p. 30 : © Martial Red ; p. 46 : © nexus 7, © Mikhail Turov, © Halfpoint ; p. 51 : © OlekStock, © Flaffy, © betonstudio, © tanya_morozz, © New Africa ; p. 52 : © HighKey, © Tinnaporn Sathapornnanont, © Maksym Fesenko, © exopixel ; p. 60 : © Look Studio ; p. 61 : © New Africa, © Big Foot Productions, © domnitsky ; p. 62 : © fenskey, © 360b, © pryzmat, © Yoyochow23 ; p. 65 : © Valentina_S, © NickSorl ; pp. 70-73 : © Ms Moloko ; p. 77 : © Csaba Deli ; p. 79 : © Daria Stock, © stockphoto-graf ; p. 82 : © chrisbrignell ; p. 83 : © Pataradon Luangtongkum ; p. 86 © Masson ; p. 98 : © True Touch Lifestyle, © Christos Theologou, © Celso Pupo, © Obsessively ; p. 101 : © LiliGraphie ; p. 102 : © Gilmanshin ; p. 104 : © Roman Samborskyi ; p. 112 : © Zastolskiy Victor ; p. 114 : © Creatista ; p. 119 : © kook03 ; p. 120 : © JCLobo, © Tom Wang, © Spalnic, © Jacek Fulawka, © MisterStock ; p. 122 : © Prostock-studio ; p. 123 : © Sotnikov Misha

Photogravure : PRESS PROD - Imprimé en France - Dépôt légal : Novembre 2020 - ISBN : 978-2-7499-4475-3 - LAF2986